果麦

编

人生如梦，我投入的却是真情

浙江文艺出版社
Zhejiang Literature & Art Publishing House

果麦文化 出品

致读者

本书选了从古至今四十篇散文和五首诗。

何谓“散文”？经典定义：凡结构松弛的非韵文作品，皆属散文。因此本书也收了《红楼梦》《老残游记》两部小说杰作中抒情、绘景的段落。

五首诗织缀书中，作为阅读的“呼吸”和“中场”。

选编标准，在于平静、陶然。日常辛苦，一天忙碌后回家展卷，虽无法纾解体乏，但有熨平心绪的功能，这是纸书所以不灭的本钱。

散文排序由短向长，从一千字到四千言，体量递增比较线性，为的是读者依着心情和时间，选取能一气读罢的某篇。

不能一气读罢怎么办？当然不要紧，编一本书有逻辑和规矩，读一本散文，随心就是。

编者

目 录

与一盏灯说说话

海桑

托在手心的红草莓
每一颗
都是春天的小心脏

那些信誓旦旦说过的话
真挚又动人
如今都不算数了

夜深了
与一盏灯说说话
就是与菩萨说说话

海桑，1971 年出生于河南辉县，本名王海桑。当代诗人，出版有诗集《我是你流浪过的一个地方》《不如让每天发生些小事情》及《我的身体里早已落叶纷飞》。

两只空杯子放在一起

明日清晨

它们会靠得更近些

新生活

胡适

哪样的生活可以叫做新生活呢？我想来想去，只有一句话。新生活就是有意思的生活。你听了，必定要问我，有意思的生活又是什么样子的生活呢？我且先说一两件实在的事情做个样子，你就明白我的意思了。

前天你没有事做，闲得不耐烦了，你跑到街上的一个酒店里，打了四两白干，喝完了，又要四两，再添上四两。喝得大醉了，同张大哥吵了一回嘴，几乎打起架来。后来李四哥来把你拉开，你气忿忿地又要了四两白干，喝得人事不知，幸亏李四哥把你扶回去睡了。昨儿早上，你酒醒了，大嫂子把前天的事告诉你，你懊悔得很，自己埋怨自己："昨儿为什么要喝那么多酒呢？可不是糊涂吗？"

胡适（1891—1962），字适之。出生于江苏省松江府川沙县（今上海市浦东新区）。现代思想家、文学家、哲学家。

你赶上张大哥家去，作了许多揖，赔了许多不是，自己怪自己糊涂，请张大哥大量包涵。正说时，李四哥也来了，王三哥也来了。他们三缺一，要你陪他们打牌。你坐下来，打了十二圈牌，输了一百多吊钱。你回得家来，大嫂子怪你不该赌博，你又懊悔得很，自己怪自己道："是啊，我为什么要陪他们打牌呢？可不是糊涂吗？"

诸位，像这样子的生活，叫做糊涂生活，糊涂生活便是没有意思的生活。你做完了这种生活，回头一想："我为什么要这样干呢？"你自己也回答不出究竟为什么。

诸位，凡是自己说不出"为什么这样做"的事，都是没有意思的生活。反过来说，凡是自己说得出"为什么这样做"的事，都可以说是有意思的生活。

生活的"为什么"，就是生活的意思。

人同畜牲的分别，就在这个"为什么"上。你到万牲园里去看那白熊一天到晚摆来摆去不肯歇，那就是没有意思的生活。我们做了人，应该不要学那些畜牲的生活。畜牲的生活只是糊涂，只是胡混，只是不晓得自己为什么如此做。一个人做的事应该件件回得出一个"为什么"。

我为什么要干这个？为什么不干那个？回答得出，方才可算是一个人的生活。

我们希望中国人都能做这种有意思的新生活。其实这种新生活并不十分难，只消时时刻刻问自己为什么这样做，为什么不那样做，就可以渐渐地做到我们所说的新生活了。

诸位，千万不要说“为什么”这三个字是很容易的小事。你打今天起，每做一件事，便问一个为什么——为什么不把辫子剪了？为什么不把大姑娘的小脚放了？为什么大嫂子脸上搽那么多的脂粉？为什么出棺材要用那么多叫化子？为什么娶媳妇也要用那么多叫化子？为什么骂人要骂他的爹妈？为什么这个？为什么那个？你试办一两天，你就会觉得这三个字的趣味真是无穷无尽，这三个字的功用也无穷无尽。

诸位，我们恭恭敬敬地请你们来试试这种新生活。

牛的写意

李汉荣

天空中飘不完云彩，没有一片能擦去牛的忧伤。

牛的眼睛是诚实的眼睛，在生命界，牛的眼睛是最没有恶意的。

牛的眼睛也是美丽的眼睛。我见过的牛，无论雌雄老少，都有着好看的双眼皮，长而善眨动的睫毛，以及天真黑亮的眸子。我常常想，世上有丑男丑女，但没有丑牛，牛的灵气都集中在它大而黑的眼睛。牛，其实是很妩媚的。

牛有角，但那已不大像厮杀的武器，更像是一件对称的艺术品。有时候，公牛为了争夺情人，也会进行一场爱的争斗。如果正值黄昏，草场上牛角铿锵，发出金属的响声，母牛羞涩地站在远处，目睹这因它而发起的战争，神情有些惶恐和歉疚。当夕阳“咣当”一声从牛角上坠落，爱终于有了着落，遍野的夕光摇曳起婚礼的烛光。那失意的公牛舔着爱情的创伤，消失

李汉荣，生于1958年，陕西勉县人，笔名牧童、林中河。诗人、散文家。

在夜的深处。这时候，我们恍若置身于远古的一个美丽残酷的传说中。

牛在任何地方都会留下蹄印，这是它用全身的重量烙下的印章。牛的蹄印大气、浑厚而深刻，相比之下，帝王的印章就显得小气、炫耀而造作，充满了人间的狂妄和机诈。牛不在意自己身后留下了什么，决不回头看自己蹄印的深浅，走过去就走过去了，它相信它的每一步都是实实在在走过去的。雨过天晴，牛的蹄窝里的积水，像一片小小的湖，会摄下天空和白云的倒影，有时还会摄下人的倒影。那些留在密林里和旷野上的蹄印，将会被落叶和野花掩护起来，成为蛐蛐们的乐池和蚂蚁们的住宅。而有些蹄印，比如牛因为迷路踩在幽谷苔藓上的蹄印，就永远留在那里了，成为大自然永不披露的秘密。

牛的食谱很简单：除了草，牛没有别的口粮。牛一直吃着草，从远古吃到今天，从海边攀缘到群山之巅。天下何处无草，天下何处无牛？一想到这里我就禁不住激动：地上的所有草都被牛咀嚼过，我随意摘取一片草叶，都能嗅到千万年前牛的气息，听见那认真咀嚼的声音，从远方传来。

牛是少数不制造秽物的动物之一。牛粪是干净的，不仅不臭，似乎还有着淡淡的草的清香，难怪一位外国诗人曾写道：在被遗忘的山路上，去年的牛粪已变成黄金。记得小时候，在寒冷的冬天的早晨，我曾将双脚踩进牛粪里取暖。我想，如果圣人的手接近牛粪，圣人的手会变得更圣洁；如果国王的手捧起牛粪，国王的手会变得更干净。

在城市，除了人的浑浊气息和用以遮掩浑浊而制造的各种化学气息之外，我们已很少嗅到真正的大自然的气息，包括牛粪的气息。有时候我想，城市的诗人如果经常嗅一嗅牛粪的气息，他会写出更接近自然、生命和土地的诗。如果一首诗里散发出脂粉气，这首诗已接近非诗；如果一篇散文里散发出牛粪的气息，这篇散文已包含了诗。

对月

贾平凹

月，夜愈黑，你愈亮，烟火熏不脏你，灰尘也不能污染，你是浩浩天地间的一面高悬的镜子吗？

你夜夜出来，夜夜却不尽相同；过几天圆了，过几天又亏了；圆得那么丰满，亏得又如此缺陷！我明白了，月，大千世界，有了得意有了悲哀，你就全然会照了出来的。你照出来了，悲哀的盼你丰满，双眼欲穿；你丰满了，却使得意的大为遗憾，因为你立即又要缺陷去了。你就是如此千年万年，陪伴了多少人啊，不管是帝王，不管是布衣，还是学士，还是村孺，得意者得意，悲哀者悲哀，先得意后悲哀，悲哀了而又得意……于是，便在这无穷无尽的变化之中统统消失了，而你却依然如此，得到了永恒！

你对于人就是那砍不断的桂树，人对于你就是那不能歇息的

贾平凹，生于1952年，陕西丹凤县人，作家。代表作有《废都》《秦腔》等。

吴刚？而吴刚是仙，可以长久，而人却要将暂短的生命付于这种工作吗？

这是一个多么奇妙的谜语！从古至今，多少人万般思想，却不得其解：或是执迷，将便为战而死，相便为谏而亡，悲、欢、离、合，归结于天命；或是自以为觉悟，求仙问道，放纵山水，遁入空门；或是勃然而起，将你骂杀起来，说是徒为亮月，虚有朗光，只是得意时锦上添花，悲哀时火上加油，是一个面慈心狠的阴婆，是一泊平平静静而溺死人命的渊潭。

月，我知道这是冤枉了你，是曲解了你。你出现在世界，明明白白，光光亮亮。你的存在，你的本身就是说明这个世界，就是在向世人作着启示：万事万物，就是你的形状，一个圆，一个圆的完成啊！

试想，绕太阳而运行的地球是圆的，运行的轨道也是圆的，在小孩手中玩弄的弹球是圆的，弹动起来也是圆的旋转。圆就是运动，所以车轮能跑，浪涡能旋。人何尝不是这样呢？人再小，要长老；人老了，却有和小孩一般的特性。老和少是圆的接榫。冬过去了是春，春种秋收后又是冬。老虎可以吃鸡，鸡可以吃虫，虫可以蚀杠子，杠子又可以打老虎。就是这么不断的否定之否定，周而复始，一次又一次地归复着一个新的圆。

所以，我再不被失败所惑了，再不被成功所狂了，再不为老死而悲了，再不为生儿而喜了。我能知道我前生是何物所托吗？

能知道我死后变成何物吗？活着就是一切，活着就有乐，活着也有苦，苦里也有乐；犹如一片树叶，我该生的时候，我生气勃勃地来，长我的绿，现我的形，到该落的时候了，我痛痛快快地去，让别的叶子又从我的落疤里新生。我不求生命的长寿，我却要深深地祝福我美丽的工作，踏踏实实地走完我的半圆，而为完成这个天地万物运动规律的大圆尽我的力量。

月，对着你，我还能说些什么呢？你真是一面浩浩天地间高悬的明镜，让我看见了这个世界，看见了我自己。但愿你在天地间长久，但愿我的事业永存。

作于 1981 年 11 月 29 日静虚村

山阴道上

徐蔚南

一条修长的石路，右面尽是田亩，左面是一条清澈的小河。隔河是个村庄，村庄的背景是一联青翠的山岗。这条石路，原来就是所谓"山阴道上，应接不暇"的山阴道。诚然"青的山，绿的水，花的世界"。我们在路上行时，望了东又要望西，苦了一双眼睛。道上很少行人，有时除了农夫自城中归来，简直没有别个人影了。我们正爱那清冷，一月里总来这道上散步二三次。道上有个路亭，我们每次走到路亭里，必定坐下来休息一会。路亭的两壁墙上，常有人写着许多粗俗不通的文句，令人看了发笑。我们穿过路亭，再往前走，走到一座石桥边，才停步。不再往前走了，我们去坐在桥栏上瞭望四周的野景。

桥下的河水，尤清洁可鉴。它那喃喃的流动声，似在低诉那宇宙的永久秘密。

徐蔚南（1900—1952），江苏盛泽人，原名毓麟，笔名半梅、泽人。现代散文家。

下午，一片斜晖映照河面，有如将河水镀了一层黄金。一群白鸭聚成三角形，最魁梧的一头做向导，最后的是一排瘦瘠的，在那镀金的水波上向前游去，向前游去。河水被鸭子分成二路，无数软弱的波纹向左右展开，展开，展开，展到河边的小草里，展到河边的石子上，展到河边的泥里……

我们在桥栏上这样注视着河水的流动，心中便充满了一种喜悦。但是这种喜悦只有唇上的微笑，轻匀的呼吸，与和善的目光能表现得出。我还记得那一天。当时我和他两人看了这幅天然的妙画，我们俩默然相视了一会，似乎我们的心灵已在一起，已互相了解，我们的友谊已无须用言语解释，更何必用言语来解释呢？

远地里的山岗，不似早春时候尽被白漫漫的云雾罩着了，巍然接连着站在四围，青青地闪出一种很散漫的薄光来。山腰里的寥落松柏也似乎看得清楚了。桥左旁的山的形式，又自不同，独立在那边，黄色里泛出青绿来，不过山上没有一株树木，似乎太单调了；山麓下却有无数的竹林和丛薮。

离桥头右端三四丈处，也有一座小山，只有三四丈高，山巅上纵横都有四五丈，方方的有如一个露天的戏台，上面铺着短短的碧草。我们每登上了这山顶，便如到了自由国土一般，将镇日幽闭在胸间的游戏性质，尽情发泄出来。我们毫没有一点害羞，毫没有一点畏惧，我们尽我们的力量，唱起歌来，做起戏来，我们大笑，我们高叫。啊！多么活泼，多么快乐！几日来积聚的烦闷完全消尽了。玩得疲乏了，我们便在地上坐下来，卧下来，观着那青空里的白云。白云确有使人欣赏的价值，一团一团地如棉花，一卷一卷地如波涛，连山一般地拥在那儿，野兽一般地站在这边：万千状态，无奇不有。这一幅最神秘最美丽最复杂的画片，只有睁开我们的心灵的眼睛来，才能看出其间的意义和幽妙。

太阳落山了，它的分外红的强光从树梢头喷射出来，将白云染成血色，将青山也染成血色。在这血色中，它渐渐向山后落下，一忽而变成一个红球，浮在山腰里。这时它的光已不耀眼了，山也暗淡了，云也暗淡了，树也暗淡了。这红球原来是太阳的影子。

苍茫暮色里，有几点星火在那边闪动，这是城中电灯放光了。我们不得不匆匆回去。

乌篷船

周作人

子荣君：

接到手书，知道你要到我的故乡去，叫我给你一点什么指导。老实说，我的故乡，真正觉得可怀恋的地方，并不是那里，但是因为在那里生长，住过十多年，究竟知道一点情形，所以写这一封信告诉你。

我所要告诉你的，并不是那里的风土人情，那是写不尽的，但是你到那里一看也就会明白的，不必啰唆地多讲。我要说的是一种很有趣的东西，这便是船。你在家乡平常总坐人力车，电车，或是汽车，但在我的故乡那里这些都没有，除了在城内或山上是用轿子以外，普通代步都是用船。船有两种，普通坐的都是“乌篷船”，白篷的大抵作航船用，坐夜航船到西陵去

周作人（1885—1967），浙江绍兴人，号知堂、药堂等，是鲁迅（周树人）之弟，周建人之兄。现代散文家、文学理论家、评论家、诗人、翻译家，中国民俗学开拓者，新文化运动的杰出代表。

也有特别的风趣，但是你总不便坐，所以我也就可以不说了。乌篷船大的为“四明瓦”（Symenngoa），小的为脚划船（划读如 uoa），亦称小船。但是最适用的还是在这中间的“三道”，亦即三明瓦。篷是半圆形的，用竹片编成，中央竹箬，上涂黑油；在两扇“定篷”之间放着一扇遮阳，也是半圆的，木作格子，嵌着一片片的小鱼鳞，径约一寸，颇有点透明，略似玻璃而坚韧耐用，这就称为明瓦。三明瓦者，谓其中舱有两道，后舱有一道明瓦也。船尾用橹，大抵两支，船首有竹篙，用以定船。船头着眉目，状如老虎，但似在微笑，颇滑稽而不可怕，唯白篷船则无之。三道船篷之高大约可以使你直立，舱宽可放下一顶方桌，四个人坐着打马将——这个恐怕你也已学会了吧？小船则真是一叶扁舟，你坐在船底席上，篷顶离你的头有两三寸，你的两手可以搁在左右的舷上，还把手都露出在外边。在这种船里仿佛是在水面上坐，靠近田岸去时泥土便和你的眼鼻接近，而且遇着风浪，或是坐得少不小心，就会船底朝天，发生危险，但是也颇有趣味，是水乡的一种特色。不过你总可以不必去坐，最好还是坐那三道船吧。

你如坐船出去，可是不能像坐电车的那样性急，立刻盼望走至。倘若出城，走三四十里路（我们那里的里程是很短，一里才及英里三分之一），来回总要预备一天。你坐在船上，应该是游山的态度，看看四周物色，随处可见的山，岸旁的乌桕，河边的红蓼和白苹，渔舍，各式各样的桥，困倦的时候睡在舱中拿出随笔来看，或者冲一碗清茶喝喝。偏门外的鉴湖一带，贺家池，壶觞左近，我都是喜欢的，或者往娄公埠骑驴去游兰亭（但我劝你还是步行，骑驴或者于你我不很相宜），到得暮色苍然的时候进城上都挂着薜荔的东门来，倒是颇有趣味的事。倘若路上不平静，你往杭州去时可下午开船，黄昏时候的景色正最好看，只可惜这一带地方的名字我都忘记了。夜间睡在舱中，听水声橹声，来往船只的招呼声，以及乡间的犬吠鸡鸣，也都很有意思。雇一只船到乡下去看庙戏，可以了解中国旧戏的真趣味，而且在船上行动自如，要看就看，要睡就睡，要喝酒就喝酒，我觉得也可以算是理想的行乐法。只可惜讲维新以来这些演剧与迎会都已禁止，中产阶级的低能人别在“布业会馆”等处建起“海式”的戏场来，请大家买票看上海的猫儿戏。这些地方你千万不要去。——你到我那故乡，恐怕没有一个人认得，我又因为在教书不能陪你去玩，坐夜船，谈闲天，实在抱歉而且惆怅。川岛君夫妇现在偁山下，本来可以给你绍介，但是你到那里的时候他们恐怕已经离开故乡了。初寒，善自珍重，不尽。

山中避雨

丰子恺

前天同两女孩到西湖山中游玩，天忽下雨。我们仓皇奔走，看见前方有一小庙，庙门口有三家村，其中一家是开小茶店而带卖香烟的。我们趋之如归。茶店虽小，茶也要一角钱一壶。但在这时候，即使两角钱一壶，我们也不嫌贵了。

茶越冲越淡，雨越落越大。最初因游山遇雨，觉得扫兴；这时候山中阻雨的一种寂寥而深沉的趣味牵引了我的感兴，反觉得比晴天游山趣味更好。所谓“山色空蒙雨亦奇”，我于此体会了这种境界的好处。然而两个女孩子不解这种趣味，她们坐在这小茶店里躲雨，只是怨天尤人，苦闷万状。我无法把我所体验的境界为她们说明，也不愿使她们“大人化”而体验我所感的趣味。

丰子恺（1898—1975），浙江嘉兴人。以漫画和散文名世，后跟从弘一法师（李叔同）皈依佛门。作有《护生画集》《子恺漫画全集》等漫画集，《率真集》《缘缘堂随笔》等散文集。

茶博士坐在门口拉胡琴。除雨声外，这是我们当时所闻的唯一的声音。拉的是《梅花三弄》，虽然声音摸得不大正确，拍子还拉得不错。这好像是因为顾客稀少，他坐在门口拉这曲胡琴来代替收音机作广告的。可惜他拉了一会就罢，使我们所闻的只是嘈杂而冗长的雨声。为了安慰两个女孩子，我就去向茶博士借胡琴。“你的胡琴借我弄弄好不好？”他很客气地把胡琴递给我。

我借了胡琴回茶店，两个女孩很欢喜。“你会拉的？你会拉的？”我就拉给她们看。手法虽生，音阶还摸得准。因为我小时候曾经请我家邻近的柴主人阿庆教过《梅花三弄》，又请对面弄内一个裁缝司务大汉教过胡琴上的工尺。阿庆的教法很特别，他只是拉《梅花三弄》给你听，却不教你工尺的曲谱。他拉得很熟，但他不知工尺。我对他的拉奏望洋兴叹，始终学他不来。后来知道大汉识字，就请教他。他把小工调、正工调的音阶位置写了一张纸给我，我的胡琴拉奏由此入门。现在所以能够摸出正确的音阶者，一半由于以前略有摸 violin（小提琴）的经验，一半仍是根基于大汉的教授的。在山中小茶店里的雨窗下，我用胡琴从容地（因为快了要拉错）拉了种种西洋小曲。两女孩和着了歌唱，好像是西湖上卖唱的，引得三家村里的人都来看。一个女孩唱着《渔光曲》，要我用胡琴去和她。我和着她拉，三家村里的青年们也齐唱起来，一时把这苦雨荒山闹得十分温暖。

我曾经吃过七八年音乐教师饭，曾经用 piano（钢琴）伴奏过混声四部合唱，曾经弹过 Beethoven（贝多芬）的 sonata（奏鸣曲）。但是有生以来，没有尝过今日般的音乐的趣味。

两部空黄包车拉过，被我们雇定了。我付了茶钱，还了胡琴，辞别三家村的青年们，坐上车子。油布遮盖我面前，看不见雨景。我回味刚才的经验，觉得胡琴这种乐器很有意思。Piano 笨重如棺材，violin 要数十百元一具，制造虽精，世间有几人能够享用呢？胡琴只要两三角钱一把，虽然音域没有 violin 之广，也尽够演奏寻常小曲；虽然音色不比 violin 优美，装配得法，其发音也还可听。这种乐器在我国民间很流行，剃头店里有之，裁缝店里有之，江北船上有之，三家村里有之。倘能多造几个简易而高尚的胡琴曲，使像《渔光曲》一般流行于民间，其艺术陶冶的效果，恐比学校的音乐课广大得多呢。我离去三家村时，村里的青年们都送我上车，表示惜别。我也觉得有些儿依依。（曾经搪塞他们说："下星期再来！"其实恐怕我此生不会再到这三家村里去吃茶且拉胡琴了。）若没有胡琴的因缘，三家村里的青年对于我这路人有何惜别之情，而我又有何依依于这些萍水相逢的人呢？古语云："乐以教和。"我做了七八年音乐教师没有实证过这句话，不料这天在这荒村中实证了。

黄河凌汛

（《老残游记》第十二回选段）

刘鹗

老残洗完了脸，把行李铺好，把房门锁上，也出来步到河堤上看，见那黄河从西南上下来，到此却正是个湾子，过此便向正东去了。河面不甚宽，两岸相距不到二里。若以此刻河水而论，也不过百把丈宽的光景，只是面前的冰，插的重重叠叠的，高出水面有七八寸厚。再望上游走了一二百步，只见那上流的冰，还一块一块的漫漫价来，到此地，被前头的拦住，走不动就站住了。那后来的冰赶上他，只挤得“嗤嗤”价响。后冰被这溜水逼的紧了，就窜到前冰上头去；前冰被压，就渐渐低下去了。看那河身不过百十丈宽，当中大溜约莫不过二三十丈，两边俱是平水。这平水之上早已有冰结满，冰面却是平的，被吹来的尘土盖住，却像沙滩一般。中间的一道大溜，却仍然奔腾澎湃，

刘鹗（1857—1909），江苏丹徒（今镇江市）人，原名孟鹏，字云抟、公约。后更名鹗，字铁云，号老残。署名“鸿都百炼生”。清末小说家，著有《老残游记》。

有声有势，将那走不过去的冰挤的两边乱窜。那两边平水上的冰，被当中乱冰挤破了，往岸上跑，那冰能挤到岸上有五六尺远。许多碎冰被挤的站起来，像个小插屏似的。看了有点把钟工夫，这一截子的冰又挤死不动了。老残复往下游走去，过了原来的地方，再往下走，只见有两只船。船上有十来个人都拿着木杵打冰，望前打些时，又望后打。河的对岸，也有两只船，也是这么打。看看天色渐渐昏了，打算回店。再看那堤上柳树，一棵一棵的影子，都已照在地下，一丝一丝的摇动，原来月光已经放出光亮来了。

回到店里，开了门，喊店小二来，点上了灯，吃过晚饭，又到堤上闲步。这时北风已息，谁知道冷气逼人，比那有风的时候还利害些。幸得老残早已换上申东造所赠的羊皮袍子，故不甚冷，还支撑得住。只见那打冰船，还在那里打。每个船上点了一个小灯笼，远远看去，仿佛一面是“正堂”二字，一面是“齐河县”三字，也就由他去了。抬起头来，看那南面的山，一条雪白，映着月光分外好看。一层一层的山岭，却不大分辨得出，又有几片白云夹在里面，所以看不出是云是山。及至定神看去，方才看出哪是云、哪是山来。虽然云也是白的，山也是白的，云也有亮光，山也有亮光，只因为月在云上，云在月下，所以云的亮光是从背面透过来的。那山却不然，山上的亮光是由月光照到山上，被那山上的雪反射过来，所以光是两样子的。然只就稍近的地方如此，那山往东去，越望越远，渐渐的天也是白的，山也是白的，云也是白的，就分辨不出甚么来了。

老残对着雪月交辉的景致，想起谢灵运的诗“明月照积雪，北风劲且哀”两句。若非经历北方苦寒景象，哪里知道“北风劲且哀”的个“哀”字下的好呢？这时月光照的满地的亮，抬起头来，天上的星，一个也看不见，只有北边，北斗七星，开阳、摇光，像几个淡白点子一样，还看得清楚。那北斗正斜倚在紫微垣的西边上面，杓在上，魁在下。心里想道：“岁月如流，眼见斗杓又将东指了，人又要添一岁了。一年一年的这样瞎混下去，如何是个了局呢？”又想到《诗经》上说的“维北有斗，不可以挹酒浆”——“现在国家正当多事之秋，那王公大臣只是恐怕耽处分，多一事不如少一事，弄的百事俱废，将来又是怎样个了局，国是如此，丈夫何以家为！”想到此地，不觉滴下泪来，也就无心观玩景致，慢慢回店去了。一面走着，觉得脸上有样物件附着似的，用手一摸，原来两边着了两条滴滑的冰。初起不懂什么缘故，既而想起，自己也就笑了。原来就是方才流的泪，天寒，立刻就冻住了，地下必定还有几多冰珠子呢。闷闷的回到店里，也就睡了。

扬州的夏日

朱自清

扬州从隋炀帝以来，是诗人文士所称道的地方；称道得多了，称道得久了，一般人便也随声附和起来。直到现在，你若向人提起扬州这个名字，他会点头或摇头说：“好地方！好地方！”特别是没去过扬州而念过些唐诗的人，在他心里，扬州真像蜃楼海市一般美丽；他若念过《扬州画舫录》一类书，那更了不得了。

但在一个久住扬州像我的人，他却没有那么多美丽的幻想，他的憎恶也许掩住了他的爱好；他也许离开了三四年并不去想它。若是想呢，——你说他想什么？女人，不错，这似乎也有名，但怕不是现在的女人吧？——他也只会想着扬州的夏日，虽然与女人仍然不无关系的。

朱自清（1898—1948），原名自华，号实秋，后改名自清，字佩弦。原籍浙江绍兴，出生于江苏省东海县，后随父定居扬州。现代散文家、诗人、学者。

北方和南方一个大不同，在我看，就是北方无水而南方有。诚然，北方今年大雨，永定河、大清河甚至决了堤防，但这并不能算是有水；北平的三海和颐和园虽然有点儿水，但太平衍了，一览而尽，船又那么笨头笨脑的。有水的仍然是南方。扬州的夏日，好处大半便在水上——有人称为“瘦西湖”，这个名字真是太“瘦”了，假西湖之名以行，“雅得这样俗”，老实说，我是不喜欢的。下船的地方便是护城河，漫衍开去，曲曲折折，直到平山堂，——这是你们熟悉的名字——有七八里河道，还有许多杈杈桠桠的支流。这条河其实也没有顶大的好处，只是曲折而有些幽静，和别处不同。

沿河最著名的风景是小金山，法海寺，五亭桥；最远的便是平山堂了。金山你们是知道的，小金山却在水中央。在那里望水最好，看月自然也不错——可是我还不曾有过那样福气。“下河”的人十之九是到这儿的，人不免太多些。法海寺有一个塔，和北海的一样，据说是乾隆皇帝下江南，盐商们连夜督促匠人造成的。法海寺著名的自然是这个塔；但还有一桩，你们猜不着，是红烧猪头。夏天吃红烧猪头，在理论上也许不甚相宜；可是在实际上，挥汗吃着，倒也不坏的。五亭桥如名字所示，是五个亭子的桥。桥是拱形，中一亭最高，两边四亭，参差相称；最宜远看，或看影子，也好。桥洞颇多，乘小船穿来穿去，另有风味。平山堂在蜀冈上。登堂可见江南诸山淡淡的轮廓；“山色有无中”

一句话，我看是恰到好处，并不算错。这里游人较少，闲坐在堂上，可以永日。沿路光景，也以闲寂胜。从天宁门或北门下船。蜿蜒的城墙，在水里倒映着苍黝的影子，小船悠然地撑过去，岸上的喧扰像没有似的。

船有三种：大船专供宴游之用，可以狎妓或打牌。小时候常跟了父亲去，在船里听着谋得利洋行的唱片。现在这样乘船的大概少了吧？其次是“小划子”，真像一瓣西瓜，由一个男人或女人用竹篙撑着。乘的人多了，便可雇两只，前后用小凳子跨着：这也可算得“方舟”了。后来又有一种“洋划”，比大船小，比“小划子”大，上支布篷，可以遮日遮雨。“洋划”渐渐地多，大船渐渐地少，然而“小划子”总是有人要的。这不独因为价钱最贱，也因为它的伶俐。一个人坐在船中，让一个人站在船尾上用竹篙一下一下地撑着，简直是一首唐诗，或一幅山水画。而有些好事的少年，愿意自己撑船，也非“小划子”不行。“小划子”虽然便宜，却也有些分别。譬如说，你们也可想到的，女人撑船总要贵些；姑娘撑的自然更要贵啰。这些撑船的女子，便是有人说过的“瘦西湖上的船娘”。船娘们的故事大概不少，但我不很知道。据说以乱头粗服，风趣天然为胜；中年而有风趣，也仍然算好。可是起初原是逢场作戏，或尚不伤廉惠；以后居然有了价格，便觉意味索然了。

北门外一带，叫做下街，“茶馆”最多，往往一面临河。

船行过时，茶客与乘客可以随便招呼说话。船上人若高兴时，也可以向茶馆中要一壶茶，或一两种“小笼点心”，在河中喝着，吃着，谈着。回来时再将茶壶和所谓小笼，连价款一并交给茶馆中人。撑船的都与茶馆相熟，他们不怕你白吃。扬州的小笼点心实在不错：我离开扬州，也走过七八处大大小小的地方，还没有吃过那样好的点心；这其实是值得惦记的。茶馆的地方大致总好，名字也颇有好的。如香影廊，绿杨村，红叶山庄，都是到现在还记得的。绿杨村的幌子，挂在绿杨树上，随风飘展，使人想起“绿杨城郭是扬州”的名句。里面还有小池，丛竹，茅亭，景物最幽。这一带的茶馆布置都历落有致，迥非上海、北平方方正正的茶楼可比。

“下河”总是下午。傍晚回来，在暮霭朦胧中上了岸，将大褂折好搭在腕上，一手微微摇着扇子；这样进了北门或天宁门走回家中。这时候可以念“又得浮生半日闲”那一句诗了。

许地山三章

许地山

我想

我想什么?

我心里本有一条达到极乐园地的路，从前曾被那女人走过的；现在那人不在了，这条路不但是荒芜，并且被野草、闲花、棘枝、绕藤占据得找不出来了!

我许久就想着这条路，不单是开给她走的，她不在，我岂不能独自来往?

但是野草、闲花这样美丽、香甜，我怎舍得把他们去掉呢?棘枝、绕藤又那样横逆、蔓延，我手里又没有器械，怎敢惹他们呢?我想独自在那路上徘徊，总没有实行的日子。

日子一久，我连那条路的方向也忘了。我只能日日跑到路口那个小池的岸边静坐，在那里怅望，和沉思那草掩、藤封的道途。

许地山(1893—1941)，名赞堃，字地山，笔名落华生，出生于台湾。现代作家、学者。主要著作有《空山灵雨》《落花生》等。

狂风一吹，野花乱坠，池中锦鱼道是好饵来了，争着上来唼喋。我所想的，也浮在水面被鱼喋入口里；复幻成泡沫吐出来，仍旧浮回空中。

鱼还是活活泼泼地游；路又不肯自己开了；我更不能把所想的撇在一边。呀！

我定睛望着上下游泳的锦鱼；我的回想也随着上下游荡。

呀，女人！你现在成为我“记忆的池”中的锦鱼了。你有时浮上来，使我得以看见你；有时沉下去，使我费神猜想你是在某片落叶底下，或某块沙石之间。

但是那条路的方向我早忘了，我只能每日坐在池边，盼望你能从水底浮上来。

生

我的生活好像一棵龙舌兰，一叶一叶慢慢地长起来。某一片叶在一个时期曾被那美丽的昆虫做过巢穴；某一片叶曾被小鸟们歇在上头歌唱过。现在那些叶子都落掉了！只有瘢楞的痕迹留在干上。人也忘了某叶某叶曾经显过的样子；那些叶子曾经历过的事迹唯有龙舌兰自己可以记忆得来，可是它不能说给别人知道。

我的生活好像我手里这管笛子。它在竹林里长着的时候，许多好鸟歌唱给它听；许多猛兽长啸给它听；甚至天中的风、雨、雷、电都不时教给它发音的方法。

它长大了，一切教师所教的都纳入它的记忆里，然而它身中仍是空空洞洞，没有什么。

做乐器者把它截下来，开几个气孔，搁在唇边一吹，它从前学的都吐露出来了。

春的林野

春光在万山环抱里，更是泄漏得迟。

那里的桃花还是开着；漫游的薄云从这峰飞过那峰，有时稍停一会，为的是挡住太阳，教地面的花草在它的阴下避避光焰的威吓。

岩下的阴处和山溪的旁边满长了薇蕨和其他凤尾草。红、黄、蓝、紫的小草花点缀在绿茵上头。天中的云雀，林中的金莺，都鼓起它们的舌簧。轻风把它们的声音挤成一片，分送给山中各样有耳无耳的生物。

桃花听得入神，禁不住落了几点粉泪，一片一片凝在地上。小草花听得大醉，也和着声音的节拍一会倒，一会起，没有镇定的时候。林下一班孩子正在那里捡桃花的落瓣哪。他们捡着，清儿忽嚷起来，道：“嗄，邕邕来了！”

众孩子住了手，都向桃林的尽头盼望。

果然邕邕也在那里摘草花。清儿道：“我们今天可要试试阿桐的本领了。若是他能办得到，我们都把花瓣穿成一串璎珞围在他身上，封他为大哥如何？”

众人都答应了。

阿桐走到邕邕面前，道：“我们正等着你来呢。”

阿桐的左手盘在邕邕的脖上，一面走一面说：“今天他们要替你办嫁妆，教你做我的妻子。你能做我的妻子么？”

邕邕狠视了阿桐一下，回头用手推开他，不许他的手再搭在自己脖上。孩子们都笑得支持不住了。众孩子嚷道：“我们见过邕邕用手推人了！阿桐赢了！”

邕邕从来不会拒绝人，阿桐怎能知道一说那话，就能使她动手呢？是春光的荡漾，把他这种心思泛出来呢？或者，天地之心就是这样呢？

你且看：漫游的薄云还是从这峰飞过那峰。

你且听：云雀和金莺的歌声还布满了空中和林中。在这万山环抱的桃林中，除那班爱闹的孩子以外，万物把春光领略得心眼都迷蒙了。

时光

冯骥才

一岁将尽，便进入一种此间特有的情氛中。平日里奔波忙碌，只觉得时间的紧迫，很难感受到“时光”的存在。时间属于现实，时光属于人生。然而到了年终时分，时光的感觉乍然出现。它短促、有限、性急，你在后边追它，却始终抓不到它飘举的衣袂。它飞也似的向着年的终点扎去。等到你真的将它超越，年已经过去，那一大片时光便留在过往不复的岁月里了。

今晚突然停电，摸黑点起蜡烛。烛光如同光明的花苞，宁静地浮在漆黑的空间里；室内无风，这光之花苞便分外优雅与美丽；些许的光散布开来，朦胧依稀地勾勒出周边的事物。没有电就没有音乐相伴，但我有比音乐更好的伴侣——思考。

可是对于生活最具悟性的，不是思想者，而是普通大众。比如大众俗语中，把临近年终这几天称作“年根儿”，多么真切和形象！它叫我们顿时发觉，一棵本来是绿意盈盈的岁月之树，已被我们消

冯骥才，1942 年出生于天津，作家、画家、社会活动家。

耗殆尽，只剩下一点点根底。时光竟然这样地紧迫、拮据与深浓……

一下子，一年里经历过的种种事物的影像全都重叠地堆在眼前。不管这些事情怎样庞杂与艰辛，无奈与突兀。我更想从中找到自己的足痕。从春天落英缤纷的京都退藏到冬日小雨满空的雅典德尔菲遗址；从重庆荒芜的红卫兵墓到津南那条神奇的蛤蜊堤；从一个会场到另一个会场，一个活动到另一个活动中：究竟哪一些足迹至今清晰犹在，哪一些足迹杂沓模糊甚至早被时光干干净净一抹而去？我瞪着眼前的重重黑影，使劲看去。就在烛光散布的尽头，忽然看到一双眼睛正直对着我。目光冷峻锐利，逼视而来。这原是我放在那里的一尊木雕的北宋天王像。然而此刻他的目光却变得分外有力。它何以穿过夜的浓雾，穿过漫长的八百年，锐不可当、拷问似的直视着任何敢于朝他瞧上一眼的人？显然，是由于八百年前那位不知名的民间雕工传神的本领、非凡的才气；他还把一种阳刚正气和直逼邪恶的精神注入其中。如今那位无名雕工早已了无踪影，然而他那令人震撼的生命精神却保存下来。

在这里，时光不是分毫不曾消逝吗？

植物死了，把它的生命留在种子里；诗人离去，把他的生命留在诗句里。

时光对于人，其实就是生命的过程。当生命走到终点，不一定消失得没有痕迹，有时它还会转化为另一种形态存在或再生。母与子的生命的转换，不就在延续着整个人类吗？再造生命，才是最伟大的生命奇迹。而此中，艺术家们应是最幸福的一种。唯有他们能用自己的生命去再造一个新的生命。小说家再造的是代代相传的人物；作曲家再造的是他们那个可以听到的迷人而永在的灵魂。

此刻，我的眸子闪闪发亮，视野开阔，房间里的一切艺术珍品都一点点地呈现。它们不是被烛光照亮，而是被我陡然觉醒的心智召唤出来的。

其实我最清晰和最深刻的足迹，应是书桌下边，水泥的地面上那两个被自己的双足磨成的浅坑。我的时光只有被安顿在这里，它才不会消失，而被我转化成一个个独异又鲜活的生命，以及一行行永不褪色的文字。然而我一年里把多少时光抛入尘嚣，或是支付给种种一闪即逝的虚幻的社会场景。甚至有时属于自己的时光反成了别人的恩赐。检阅一下自己创造的人物吧，掂量他们的寿命有多长。艺术家的生命是用他艺术的生命计量的。每个艺术家都有可能达到永恒，放弃掉的只能是自己，是不是？

迎面那宋代天王瞪着我，等我回答。

我无言以对，尴尬到了自感狼狈。

忽然，电来了，灯光大亮，事物通明，恍如更换天地。刚才那片幽阔深远的思想世界顿时不在，唯有烛火空自燃烧，显得多余。再看那宋代的天王像，在灯光里仿佛换了一个神气，不再那样咄咄逼人了。

我也不用回答他，因为我已经回答自己了。

渔父（二首）

李煜

一

浪花有意千重雪，

桃李无言一队春。

一壶酒，一竿纶，

世上如侬有几人？

二

一棹春风一叶舟，

一纶茧缕一轻钩。

花满渚，酒盈瓯，

万顷波中得自由。

李煜（937—978），南唐元宗李璟第六子，号钟隐、莲峰居士，生于金陵（今江苏南京），南唐最后一位国君。精书画、通音律，诗文均有一定造诣，尤以词的成就最高。

那个保安

故园风雨前

我意识到自己有一种情感现象，羞对人言——因为交游极其有限，也没遇到过大是大非，生活里实在没什么像样儿的际遇能配得上强烈的情感，但我又不是没有强烈的情感，所以——我的爱恨情仇基本都集中在一些，令我很诧异的人身上。

比如校门口蹬三轮的一个大叔，你蹬三轮就蹬你的三轮好了，话怎么那么多。我一上车就问我是不是老师，我含糊说是。又问我是哪个学院的，我一抬眼看见老外语系的楼，就随口说外语的。他这下很来劲，用英语问是哪个专业的，我烦极，想一劳永逸，就说德语的。他转身瞄我一眼，果然闭嘴。下车我掏出四块钱给他，他叽里咕噜说了一串，我问啥意思？他笑道：五块，我说的德语。

故园风雨前，1973 年生，本名杨云苏，媒体人，居住在北京的成都人，擅写成都人物与风物。出版有《巷里林泉》《幸得诸君慰平生》等文集。

又比如这边扫地的老头，不光扫地还惯会扫兴。那天我正趴地激赏一朵木芙蓉落花，落花却被他一笤帚扫飞，我爬起来怒目相向，他却笑道：这花好。我耳根软，一听人赞花好，立刻转喜，问他好在哪里。他说：比桂花好。我更喜，原来是这么有口味有偏好，几乎引为知己，又追问：怎么比桂花好？他答：好扫。桂花讨求厌，太难扫了。

这几天让我大起大落的是小学的保安。

从去年至今，我已与他结下了深深的仇怨。当然这是我单方面的，我没法知会他，因为他都没有正眼看过我一回。他整天坐在校门口的保安室里，眼不错珠儿盯着校门，力道大得好像在板门店值班。他矮胖，一身制服撑得饱饱的，脸上阴阴透出一股子狠劲儿，乍看觉得眼熟，细想想原来是胡传奎和刁德一的合体。

我被他冷眼呵斥举凡三次。

去年年初一个早晨，赶去给孩子送眼镜，怕耽误看黑板，请他给班主任办公室打个电话，遭拒：“不行！不能打扰老师！最多你写个条子，中午我喊他来取！”

暑假前我去学校办手续，刚把自行车停靠在大树下面就被他当头怒喝：“走开些走开些！挡路了！”我待要申辩，忽见他眉花眼笑，欠身放一个人骑车进校门，“主任把车放我这儿嘛，我这儿阴凉，不然座座晒得飞烫！”

入冬后一天忽然降温，我给孩子送羽绒服，他隔着铁栅栏门冷冷地说他们班在上体育课，他拿着送去操场，我觉得也行，但他死活就不开铁栅栏门，我只好从栅栏外把衣服塞进去，心里怀着凄恨冤屈，仿佛自己是站在提篮桥外的一个八十老母。

以上。

要说结怨，凭这些应该可以结得比较瓷实了吧？可以启动冤冤相报模式了吧？然而，大前天下午四点二十，发生了一点状况，陷我于不尴不尬。

校门口临一条窄路，每天上学放学的时间里，路两头都设路障，机动车进不来，非机动车自动减速或者停住，等学生们排着长蛇阵迤逦过街。按说没啥危险了，但真想不到，大前天下午四点二十，一年级学生在三个保安的护送下走出来，走得既慢队伍又长，几个骑自行车等在路边的年轻人开始骚动，企图横插进小学生队伍里，眼看着车轮子就擦上了一个小书包，只听我那仇人暴嚷一句：“你干什么？！退回去！”年轻人到底年轻，立刻龟缩回原地。但突然之间，一辆电瓶车又冲了过来，虽然猛地刹住，还是把小学生吓得惊叫。

电瓶车上是一大汉，豹头环眼，吓坏小孩不仅没有一丝愧怍，还暗暗加速，仿佛打算就从此处撕开一个口子，突围而去。有人嗫嚅制止道：“师傅你等一下再——”话音未落，人群里爆出齐齐的一阵惊呼：“哎呀！”

原来又是我那仇人，这次他倒没多话，拔地而起扑在电瓶车车头上，狠狠按住豹头环眼，豹头环眼大怒，欲待挣脱，但竟然挣脱不了，又加速，狂甩车头想把我仇人甩飞。好个我仇人！干脆抱住豹头环眼，箍得死死的。会打架的人都知道，这是不会打架的人打架，不会打架的人打架只有一招儿——拼命。

豹头环眼㞞了，人和车都熄了火。我仇人这才从他身上下来，跳回地面，捡起帽子扣上去，转身护着学生们走完。

我看完整个经过，叹口气，我郁结一年多的气，被他这么一闹，居然烟消云散了，这就相逢一笑泯恩仇了。

当然这也是我单方面的。

鸣沙山记

宗璞

西行归来很久了，有些印象已经淡漠；也有些印象经过时间的酿造，轮廓反更分明，意思也更浓郁。这从记忆里时常浮现的画面之一，是鸣沙山。

鸣沙山在敦煌市城南，我们下榻在城东。城东果木成荫，绿色满眼，和华北的夏日无异。可是驱车不到半小时，下得车来，我忽然发现自己落入了沙的世界。眼前是一座沙山，脚下是厚厚的积沙，沙粒很细，踩上去如同在海滩行走。也许亿万年前，这里曾是海底吧。

眼前的沙山就是鸣沙山了。当时是晚上八时许，正值黄昏，那天天色似不很晴朗，在灰暗的天空下，巨大的沙山默默地站着，显得孤寂而遥远。山光光的，除了数不尽的细沙，什么也没有。

宗璞，原名冯钟璞，原籍河南省唐河县，1928年出生于北京，哲学家冯友兰之女，当代作家。

因为有山，甚至也没有沙漠的瀚海无垠的气魄。但是好像有一种什么力量，使我们都肃然。那感觉不是空间上的，而是时间上的。时间退回到遥远的遥远的过去，那时生命还没有发生。没有动物的踪迹，也没有植物的覆被，有的只是永恒的静谧，和对未来的期待。

我们在沙漠上走，把鞋子拿在手中。风从耳边吹过。我看见风也向沙山上吹着，在半山腰把沙粒向上扬起，似乎是帮助沙山长得更高。我恍然，风若总是从这个方向这样吹，自不会湮没山脚下的泉水。

鸣沙山脚下有一个月牙泉，是与山齐名的。我们走了一段路再向右转，便看见四面黄沙之中那一弯明亮的水。水面据说较前小多了，也浅多了，但还清澈。水边有几株芦苇，大有江南水乡的意味。对岸有几处断墙残壁，那是以前庙宇的遗迹；还有一株枯树，巍然处于瓦砾之中。这一切，很像一幅纸色已经发黄，笔墨也已模糊的古画。这时有一个并没有骑驴的壮年人，安详地走进这幅画面，一点不理会这边的笑嚷，只顾穿过废墟，一直向远处走去。

“他一个人，往哪儿去？”我不禁问，望着远处的山，山那边当然还有山。

没有人能回答，我也不能去问个究竟。于是这孤寂的投向洪荒的身影，便和碧水黄沙一起，在记忆中留了下来。

这时天色更暗，鸣沙山显得更高了，仿佛离天空很近。风扬起细沙，在山腰形成一团团烟雾，又飘飘扬扬地散了。我转身向山脚走去，把伙伴们留在泉边。我真想爬上沙山，再从山上滑下来，据说就可以听到沙粒相撞的声音，但我还是适可而止了。我孤零零地站在山脚下，举目尽是灰色的沙，心中充满莫名其妙的喜悦。那感觉好像是在白茫茫的雪原上，正想扑进雪里抚摸雪的清凉；又如同在浩漫漫的大海边，正想站在起伏的海浪上随着波涛远去。我几乎跪下来拥抱大地！拥抱这孕育着生命，哺育着人类的整个的大地！大地的景色多么丰富，多么幻妙，多么奇，又多么美！这里有塞北的荒凉和江南的妩媚，有山的静止和水的流动，两种情调极不相同的美互相对照，相互辉映，互相联结，成为一体。我想长啸，听一听沙山和清泉的回响；我想大喊，呼叫那投向洪荒的寂寞的人。

“我们在这里！”我喊着。当然，连在月牙泉边的伙伴也听不见，更何况那远去的人。

我们确实在这里。我们在这里生活、战斗、成长。戈壁滩上有一座锁阳城遗址，据说现在夜晚仍有厮杀呐喊之声。记录着人类文明发展的敦煌文化，现在仍在呼吸，仍在散发着光辉。我看见那妙相庄严的菩萨，才忽然懂得“容光照人”这四个字。我看着著名的三兔藻井，真觉得画中的云在旋转、流动，就像眼前灰暗的天空上，大片的，缓缓流动着的，活着的云一样。

我们在这里，我们还要在这里长久地、更好地生活下去。

归途上大家踩着坎坷不平的阡陌，不觉议论道，千万不该在这样的山川中开这几亩不打粮食的田地，还抽用月牙泉水来浇田！做了多年的不肖子孙，现在总该明白一点了吧。

我不时回头，看那孤身远去的人是否赶了上来。沙山在渐浓的夜色中更显得巨大、沉重，沙粒仍然在山腰飘扬旋转，落到沙山上去。

“我们在这里。”我默默地说。

恐再无来鸣沙山的机缘了。我愿听到它的消息，使这一片景色在我的记忆中，苍茫的更苍茫，妩媚的更妩媚。

孤独的生活

萧红

蓝色的电灯，好像通夜也没有关，所以我醒来一次看看墙壁是发蓝的，再醒来一次，也是发蓝的。天明之前，我听到蚊虫在帐子外面嗡嗡嗡嗡地叫着，我想，我该起来了，蚊虫都吵得这样热闹了。

收拾了房间之后，想要做点什么事情这点，日本与我们中国不同，街上虽然已经响着木屐的声音，但家屋仍和睡着一般的安静。我拿起笔来，想要写点什么，在未写之前必得要先想，可是这一想，就把所想的忘了！

为什么这样静呢？我反倒对着这安静不安起来。

于是出去，在街上走走，这街也不和我们中国的一样，也是太静了，也好像正在睡觉似的。

萧红（1911—1942），祖籍山东聊城，出生于黑龙江省哈尔滨，乳名荣华，本名张秀环，后改名为张迺莹。笔名萧红、悄吟、玲玲、田娣等。现代作家，代表作有《生死场》《呼兰河传》等。

于是又回到了房间，我仍要想我所想的：在席子上面走着，吃一根香烟，喝一杯冷水，觉得已经差不多了，坐下来吧！写吧！

刚刚坐下来，太阳又照满了我的桌子。又把桌子换了位置，放在墙角去，墙角又没有风，所以满头流汗了。

再站起来走走，觉得所要写的，越想越不应该写，好，再另计划别的。

好像疲乏了似的，就在席子上面躺下来，偏偏帘子上有一个蜂子飞来，怕它刺着我，起来把它打跑了。刚一躺下，树上又有一个蝉开头叫起。蝉叫倒也不算奇怪，但只一个，听来那声音就特别大，我把头从窗子伸出去，想看看，到底是在哪一棵树上。可是邻人拍手的声音，比蝉声更大，他们在笑了。我是在看蝉，他们一定以为我是在看他们。

于是穿起衣裳来，去吃中饭。经过华的门前，她们不在家，两双拖鞋摆在木箱上面。她们的女房东，向我说了一些什么，我一个字也不懂，大概也就是说她们不在家的意思。日本食堂之类，自己不敢去，怕人看成个阿墨林。所以去的是中国饭馆，一进门那个戴白帽子的就说：

“伊拉瞎伊麻丝……”

这我倒懂得，就是“来啦”的意思。既然坐下之后，他仍说的是日本话，于是我跑到厨房去，对厨子说了：要吃什么，要吃什么。

回来又到华的门前看看，还没有回来，两双拖鞋仍摆在木箱上。她们的房东又不知向我说了些什么！

晚饭时候，我没有去寻她们，出去买了东西回到家里来吃，照例买的面包和火腿。

吃了这些东西之后，着实是寂寞了。外面打着雷，天阴得混混沉沉的了。想要出去走走，又怕下雨，不然，又是比日里还要长的夜，又把我留在房间里了。终于拿了雨衣，走出去了，想要逛逛夜市，也怕下雨，还是去看华吧！一边带着失望一边向前走着，结果，她们仍是没有回来，仍是看到了两双拖鞋，仍是听到了那房东说了些我所不懂的话语。

假若，再有别的朋友或熟人，就是冒着雨，我也要去找他们，但实际是没有的。只好照着原路又走回来了。

现在是下着雨，桌子上面的书，除掉《水浒》之外，还有一本胡风译的《山灵》。《水浒》我连翻也不想翻，至于《山灵》，就是抱着我这一种心情来读，有意义的书也读坏了。

雨一停下来，穿着街灯的树叶好像萤火似的发光，过了一些时候，我再看树叶时那就完全漆黑了。

雨又开始了，但我的周围仍是静的，关起了窗子，只听到屋瓦滴滴地响着。

我放下了帐子，打开蓝色的电灯，并不是准备睡觉，是准备看书了。

读完了《山灵》上《声》的那篇，雨不知道已经停了多久了。那已经哑了的权龙八，他对他自己的不幸，并不正面去惋惜，他正为着铲除这种不幸才来干这样的事情的。

已经哑了的丈夫，他的妻来接见他的时候，他只把手放在嘴唇前面摆来摆去，接着他的脸就红了。当他红脸的时候，我不晓得那是什么心情激动了他。还有，他在监房里读着速成国语读本的时候，他的伙伴都想要说："你话都不会说，还学日文干什么！"

在他读的时候，他只是听到像是蒸汽从喉咙漏出来的一样。恐怖立刻浸着了他，他慌忙地按了监房里的报知机，等他把人喊了来，他又不说什么，只是在嘴的前面摇着手。所以看守骂他："为什么什么也不说呢？混蛋！"

医生说他是"声带破裂"，他才晓得自己一生也不会说话了。

我感到了蓝色灯光的不足，于是开了那只白灯泡，准备再把《山灵》读下去。我的四面虽然更静了，等到我把自己也忘掉了时，好像我的周围也动荡了起来。

天还未明，我又读了三篇。

想北平

老舍

设若让我写一本小说，以北平作背景，我不至于害怕，因为我可以拣着我知道的写，而躲开我所不知道的。让我单摆浮搁地讲一套北平，我没办法。北平的地方那么大，事情那么多，我知道的真觉太少了，虽然我生在那里，一直到廿七岁才离开。以名胜说，我没到过陶然亭，这多可笑！以此类推，我所知道的那点只是“我的北平”，而我的北平大概等于牛的一毛。

可是，我真爱北平。这个爱几乎是要说而说不出的。我爱我的母亲。怎样爱？我说不出。在我想做一件讨她老人家喜欢的事情的时候，我独自微微地笑着；在我想到她的健康而不放心的时候，我欲落泪。语言是不够表现我的心情的，只有独自微笑或落泪才足以把内心揭露在外面一些来。我之爱北平也近

老舍（1899—1966），本名舒庆春，字舍予，笔名老舍，满族正红旗人，出生于北京，现代作家。代表作有小说《骆驼祥子》《四世同堂》，剧本《茶馆》《龙须沟》等。

乎这个。夸奖这个古城的某一点是容易的，可是那就把北平看得太小了。我所爱的北平不是枝枝节节的一些什么，而是整个儿与我的心灵相粘合的一段历史，一大块地方，多少风景名胜，从雨后什刹海的蜻蜓一直到我梦里的玉泉山的塔影，都积凑到一块，每一小的事件中有个我，我的每一思念中有个北平，这只有说不出而已。

真愿成为诗人，把一切好听好看的字都浸在自己的心血里，像杜鹃似的啼出北平的俊伟。啊！我不是诗人！我将永远道不出我的爱，一种像由音乐与图画所引起的爱。这不但辜负了北平，也对不住我自己，因为我的最初的知识与印象都得自北平，它是在我的血里，我的性格与脾气里有许多地方是这古城所赐给的。我不能爱上海与天津，因为我心中有个北平。可是我说不出来！

伦敦，巴黎，罗马与堪司坦丁堡[1]，曾被称为欧洲的四大“历史的都城”。我知道一些伦敦的情形；巴黎与罗马只是到过而已；堪司坦丁堡根本没有去过。就伦敦，巴黎，罗马来说，巴黎更近似北平——虽然“近似”两字要拉扯得很远——不过，假使让我“家住巴黎”，我一定会和没有家一样地感到寂苦。巴黎，据我看，还太热闹。自然，那里也有空旷静寂的地方，可是又未免太旷；不像北平那样既复杂而又有个边际，使我能

1 堪司坦丁堡：现通译“君士坦丁堡”，东罗马帝国历史城市，现土耳其伊斯坦布尔。

摸着——那长着红酸枣的老城墙！面向着积水滩，背后是城墙，坐在石上看水中的小蝌蚪或苇叶上的嫩蜻蜓，我可以快乐地坐一天，心中完全安适，无所求也无可怕，像小儿安睡在摇篮里。是的，北平也有热闹的地方，但是它和太极拳相似，动中有静。巴黎有许多地方使人疲乏，所以咖啡与酒是必要的，以便刺激；在北平，有温和的香片茶就够了。

论说巴黎的布置已比伦敦、罗马匀调得多了，可是比上北平还差点事儿。北平在人为之中显出自然，几乎是什么地方既不挤得慌，又不太僻静：最小的胡同里的房子也有院子与树；最空旷的地方也离买卖街与住宅区不远。这种分配法可以算——在我的经验中——天下第一了。北平的好处不在处处设备得完全，而在它处处有空儿，可以使人自由地喘气；不在有好些美丽的建筑，而在建筑的四周都有空闲的地方，使它们成为美景。每一个城楼，每一个牌楼，都可以从老远就看见。况且在街上还可以看见北山与西山呢！

好学的，爱古物的人们自然喜欢北平，因为这里书多古物多。我不好学，也没钱买古物。对于物质上，我却喜爱北平的花多菜多果子多。花草是种费钱的玩艺儿，可是此地的“草花儿”很便宜，而且家家有院子，可以花不多的钱而种一院子花，即使算不了什么，可是到底可爱呀。墙上的牵牛，墙根的靠山竹与草茉莉，是多么省钱省事而也足以招来蝴蝶呀！至于青菜，白菜，扁豆，毛豆角，黄瓜，菠菜等等，大多数是直接由城外担来而送到家门口的。雨后，韭菜叶上还往往带着雨时溅起的泥点。青菜摊子上的红红绿绿几乎有诗似的美丽。果子有不少是由西山与北山来的，西山的沙果，海棠，北山的黑枣，柿子，进了城还带着一层白霜儿呀！哼，美国的橘子包着纸；遇到北平的带霜儿的玉李，还不愧杀！

是的，北平是个都城，而能有好多自己产生的花，菜，水果，这就使人更接近了自然。从它里面说，它没有像伦敦的那些成天冒烟的工厂；从外面说，它紧连着园林，菜圃与农村。采菊东篱下，在这里，确是可以悠然见南山的；大概把“南”字变个“西”或“北”，也没有多少了不得的吧。像我这样的一个贫寒的人，或者只有在北平能享受一点清福了。

好，不再说了吧；要落泪了，真想念北平呀！

给青年的十二封信（之二）

朱光潜

朋友：

从屡次来信看，你的心境近来似乎很不宁静。烦恼究竟是一种暮气，是一种病态，你还是一个十八九岁的青年，就这样颓唐沮丧，我实在替你担忧。

一般人欢喜谈玄，你说烦恼，他便从“哲学辞典”里拖出“厌世主义”、“悲观哲学”等等堂哉皇哉的字样来叙你的病由。我不知道你感觉如何。我自己从前仿佛也尝过烦恼的况味，我只觉得忧来无方，不但人莫之知，连我自己也莫名其妙，哪里有所谓哲学与人生观！我也些微领过哲学家的教训：在心气和平时，我景仰希腊廊下派哲学者，相信人生当皈依自然，不当存有嗔喜贪恋；我景仰托尔斯泰，相信人生之美在宥与爱；我

朱光潜（1897—1986），字孟实，安徽省桐城人，现代美学家、文艺理论家、教育家、翻译家。

景仰布朗宁，相信世间有丑才能有美，不完全乃真完全；然而外感偶来，心波立涌，拿天大的哲学，也抵挡不住。这固然是由于缺乏修养，但是青年们有几个修养到“不动心”的地步呢？从前长辈们往往拿“应该不应该”的大道理向我说法。他们说，像我这样一个青年应该活泼泼的，不应该暮气沉沉的，应该努力做学问，不应该把自己的忧乐放在心头。谢谢罢，请留着这副“应该”的方剂，将来患烦恼的人还多呢！

朋友，我们都不过是自然的奴隶，要征服自然，只得服从自然。违反自然，烦恼才乘虚而入，要排解烦闷，也须得使你的自然冲动有机会发泄。人生来好动，好发展，好创造。能动，能发展，能创造，便是顺从自然，便能享受快乐；不动，不发展，不创造，便是摧残生机，便不免感觉烦恼。这种事实在流行语中就可以见出，我们感觉快乐时说“舒畅”，感觉不快乐时说“抑郁”。这两个字样可以用作形容词，也可以用作动词。用作形容词时，它们描写快或不快的状态；用作动词时，我们可以说它们说明快或不快的原因。你感觉烦恼，因为你的生机被抑郁；你要想快乐，须得使你的生机能舒畅，能宣泄。流行语中又有“闲愁”的字样，闲人大半易于发愁，就因为闲时生机静止而不舒畅。青年人比老年人易于发愁些，因为青年人的生机比较强旺。小孩子们的生机也很强旺，然而不知道愁苦，因为他们时时刻刻地游戏，所以他们的生机不至于被抑郁。小孩子们偶尔不很乐意，便放声大哭，哭过了气就消去。成人们感觉烦恼时也还要拘礼节，哪能由你放声大哭呢？黄连苦在心头，所以愈觉其苦。歌德少时因失恋而想自杀，幸而他的文机动了，埋头两礼拜著成一部《少年维特之烦恼》，书成了，他的气也泄了，自杀的念头也打消了。你发愁时并不一定要著书，你就读几篇哀歌，听一幕悲剧，借酒浇愁，也可以大畅胸怀。从前我很疑惑何以剧情愈悲而读之愈觉其快意，近来才悟得这个泄与郁的道理。

总之，愁生于郁，解愁的方法在泄；郁由于静止，求泄的方法在动。从前儒家讲心性的话，从近代心理学眼光看，都很粗疏，只有孟子的“尽性”一个主张，含义非常深广。一切道德学说都不免肤浅，如果不从“尽性”的基点出发。如果把“尽性”两字懂得透彻，我以为生活目的在此，生活方法也就在此。人性固然是复杂的，可是人是动物，基本性不外乎动。从动的中间我们可以寻出无限快感。这个道理我可以拿两种小事来印证：从前我住在家里，自己的书房总欢喜自己打扫。每看到书籍零乱，灰尘满地，你亲自去洒扫一过，霎时间混浊的世界变成明窗净几，此时悠然就座，游目骋怀，乃觉有不可言喻的快慰；再比方你自己是欢喜打网球的，当你起劲打球时，你还记得天地间有所谓烦恼么？

你大约记得晋人陶侃的故事。他老来罢官闲居，找不得事做，便去搬砖。晨间把一百块砖由斋里搬到斋外，暮间把一百块砖由斋外搬到斋里。人问其故，他说：“吾方致力中原，过尔优逸，恐不堪事。”他又尝对人说：“大禹圣人，乃惜寸阴，至于众人，当惜分阴。”其实惜阴何必定要搬砖，不过他老先生还很茁壮，借这个玩艺儿多活动活动，免得抑郁无聊罢了。朋友，闲愁最苦！愁来愁去，人生还是那么样一个人生，世界也还是那么样一个世界。假如把自己看得伟大，你对于烦恼，当有“不屑”的看待；假如把自己看得渺小，你对于烦恼，当有“不值得”的看待。我劝你多打网球，多弹钢琴，多栽花木，多搬砖弄瓦。假如你不喜欢这些玩艺儿，你就谈谈笑笑，跑跑跳跳，也是好的。就在此祝你

谈谈笑笑，

跑跑跳跳！

你的朋友 孟实

说书

叶圣陶

因为我是苏州人，望道先生要我谈谈苏州的说书。我从七八岁的时候起，私塾里放了学，常常跟着父亲去“听书”。到十三岁进了学校才间断，这几年间听的“书”真不少。“小书”如《珍珠塔》《描金凤》《三笑》《文武香球》，“大书”如《三国志》《水浒》《英烈》《金台传》，都不止听一遍，最多的听到三遍四遍。但是现在差不多忘记干净了，不要说“书”里的情节，就是几个主要人物的姓名也说不齐全了。

“小书”说的是才子佳人，“大书”说的是历史故事跟江湖好汉，这是大概的区别。“小书”在表白里夹着唱词，唱的时候说书人弹着三弦；如果是双档（两个人登台），另外一个就弹琵琶或者打铜丝琴。“大书”没有唱词，完全是表白。说“大

叶圣陶（1894—1988），原名叶绍钧，字秉臣、圣陶，出生于江苏苏州，现代作家、教育家、出版家和社会活动家。代表作有《倪焕之》《稻草人》等。

书”的那把黑纸扇比较说“小书”的更为有用，几乎是一切“道具”的代替品，诸葛亮不离手的鹅毛扇，赵子龙手里的长枪，李逵手里的板斧，胡大海手托的千斤石，都是那把黑纸扇。

说“小书”的唱词据说是依“中州韵”的，实际上十之八九是方音，往往“翘”“平”不分，“真”“庚”同韵。唱的调子有两派：一派叫“马调”，一派叫“俞调”。“马调”质朴，“俞调”婉转。“马调”容易听清楚，“俞调”抑扬太多，唱得不好，把字音变了，就听不明白。“俞调”又比较是女性的，说书的如果是中年以上的人，勉强逼紧了喉咙，发出撕裂似的声音来，真叫人坐立不安，浑身肉麻。

“小书”要说得细腻。《珍珠塔》里的陈翠娥见母亲势利，冷待远道来访的穷表弟方卿，私自把珍珠塔当作干点心送走了他。后来忽听得方卿来了，是个唱“道情”的穷道士打扮，要求见她。她料知其中必有蹊跷，下楼去见他呢还是不见他，踌躇再四，于是下了几级楼梯就回上去，上去了又走下几级来，这样上上下下有好多回，一回有一回的想头。这段情节在名手有好几天可以说。其时听众都异常兴奋，彼此猜测，有的说“今天陈小姐总该下楼梯了”，有的说“我看明天还得回上去呢”。

“大书”比较“小书”尤其着重表演。说书人坐在椅子上，前面是一张半桌，偶然站起来，也不很容易回旋，可是像演员上了戏台一样，交战，打擂台，都要把双方的姿态做给人家看。

据内行家的意见，这些动作要做得沉着老到，一丝不乱，才是真功夫。说到这等情节自然很吃力，所以这等情节也就是“大书”的关子。譬如听《水浒》，前十天半个月就传说“明天该是景阳冈打虎了”，但是过了十天半个月，还只说到武松醉醺醺跑上冈子去。

说“大书”的又有一声“咆头”，算是了不得的“力作”。那是非常之长的喊叫，舌头打着滚，声音从阔大转到尖锐，又从尖锐转到奔放，有本领的喊起来，大概占到一两分钟的时间：算是勇夫发威时候的吼声。张飞喝断灞陵桥就是这么一声“咆头”。听众听到了“咆头”，散出书场来还觉得津津有味。

无论“小书”和“大书”，说起来都有“表”跟“白”的分别。“表”是用说书人的口气叙述；“白”是说书人说书中人的话。所以“表”的部分只是说书人自己的声口，而“白”的部分必须起角色，生旦净丑，男女老少，各如书中人的身份。起角色的时候，大概贴旦丑角之类仍用苏白，正角色就得说“中州韵”，那就是“苏州人说官话”了。

说书并不专说书中的事，往往在可以旁生枝节的地方加入许多“穿插”。“穿插”的来源无非《笑林广记》之类，能够自出心裁地编排一两个“穿插”的当然是能手了。关于性的笑话最受听众欢迎，所以这类“穿插”差不多每回可以听到。最后的警句说了出来之后，满场听众个个哈哈大笑，一时合不拢嘴来。

书场设在茶馆里。除了苏州城里，各乡镇的茶馆也有书场。也不止苏州一地，大概整个吴方言区域全是这批说书人的说教地。直到如今还是如此。听众是士绅以及商人，以及小部分的工人农民。从前女人不上茶馆听书，现在可不同了。听书的人在书场里欣赏说书人的艺术，同时得到种种的人生经验：公子小姐的恋爱方式，何用式的阴谋诡计，君师主义的社会观，因果报应的伦理观，江湖好汉的大块分金、大碗吃肉，超自然力的宰制人间、无法抵抗……也说不尽这许多，总之，那些人生经验是非现代的。

现在，书场又设到无线电播音室里去了。听众不用上茶馆，只要旋转那“开关”，就可以听到叮叮咚咚的弦索声或者海瑞、华太师等人的一声长嗽。非现代的人生经验利用了现代的利器来传播，这真是时代的讽刺。

黄鹂

孙犁

这种鸟儿，在我的家乡好像很少见。童年时，我很迷恋过一阵捕捉鸟儿的勾当。但是，无论春末夏初在麦苗地或油菜地里追逐红靛儿，或是天高气爽的秋季，奔跑在柳树下面网罗虎不拉儿的时候，都好像没有见过这种鸟儿。它既不在我那小小的村庄后边高大的白杨树上同黧鸡儿一同鸣叫，也不在村南边那片神秘的大苇塘里和苇咋儿一块筑窠。

初次见到它，是在阜平县的山村。那是抗日战争期间，在不断的炮火洗礼中，有时清晨起来，在茅屋后面或是山脚下的丛林里，我听到了黄鹂的尖利的富有召唤性和启发性的啼叫。可是，它们飞起来，迅若流星，在密密的树枝树叶里忽隐忽现，常常是在我仰视的眼前一闪而过，金黄的羽毛上映照着阳光，美丽

孙犁（1913—2002），原名孙振海，后更名孙树勋，笔名有孙犁、力编、纵耕等，河北安平人，现代作家、散文家，“荷花淀派”开创者。代表作包括《风云初记》《铁木前传》《白洋淀纪事》等。

极了，想多看一眼都很困难。

因为职业的关系，对于美的事物的追求，真是有些奇怪，有时简直近于一种狂热。在战争不暇的日子里，这种观察飞禽走兽的闲情逸致，不知对我的身心情感，起着什么性质的影响。

前几年，终于病了。为了疗养，来到了多年向往的青岛。

春天，我移居到离海边很近，只隔着一片杨树林洼地的一幢小楼房里。有很长的一段时间，我一个人住在这里，清晨黄昏，我常常到那杨树林里散步。有一天，我发现有两只黄鹂飞来了。

这一次，它们好像喜爱这里的林木深密幽静，也好像是要在这里产卵孵雏，并不匆匆离开，大有在这里安家落户的意思。

每天，天一发亮，我听到它们的叫声，就轻轻打开窗帘，从楼上可以看见它们互相追逐，互相逗闹，有时候看得淋漓尽致，对我来说，这真是饱享眼福了。

观赏黄鹂，竟成了我的一种日课。一听到它们叫唤，心里就很高兴，视线也就转到杨树上，我很担心它们一旦要离此他去。这里是很安静的，甚至有些近于荒凉，它们也许会安心居住下去的。我在树林里徘徊着，仰望着，有时坐在小石凳上谛听着，但总找不到它们的窠巢所在，它们是怎样安排自己的住室和产房的呢？

一天清晨，我又到树林里散步，和我患同一种病症的史同志手里拿着一支猎枪，正在瞄准树上。

“打什么鸟儿？”我赶紧过去问。

“打黄鹂！”老史兴致勃勃地说，“你看看我的枪法。”

这时候，我不想欣赏他的枪技，我但愿他的枪法不准。他瞄了一会儿，黄鹂发觉飞走了。乘此机会，我以老病友的资格，请他不要射击黄鹂，因为我很喜欢这种鸟儿。

我很感激老史同志对友谊的尊重。他立刻答应了我的要求，没有丝毫不平之气。并且说：

“养病么，喜欢什么就多看看，多听听。”

这是真诚的同病相怜。他玩猎枪，也是为了养病，能在兴头儿上照顾旁人，这种品质不是很难得吗？

有一次，在东海岸的长堤上，一位穿皮大衣戴皮帽的中年人，只是为了讨取身边女朋友的一笑，就开枪射死了一只回翔在天空的海鸥。一群海鸥受惊远飏，被射死的海鸥落在海面上，被怒涛拍击漂卷。胜利品无法取到，那位女人请在海面上操作的海带培养工人帮助打捞，工人们愤怒地掉头划船而去。这给我留下了深刻的印象。回到房子里，无可奈何地写了几句诗，也终于没有完成，因为契诃夫在好几种作品里写到了这种人。我的笔墨又怎能更多地为他们的业绩生色？

在他们的房间里，只挂着契诃夫为他们写的褒词就够了。

惋惜的是，我的朋友的高尚情谊，不能得到这两只惊弓之鸟的理解，它们竟一去不返。从此，清晨起来，白杨萧萧，再也听不到那种清脆的叫声。夏天来了，我忙着到浴场去游泳，渐渐把它们忘掉了。

有一天我去逛鸟市。那地方卖鸟儿的很少了，现在生产第一，游闲事物，相应减少，是很自然的。在一处转角地方，有一个卖鸟笼的老头儿，坐在一条板凳上，手里玩弄着一只黄鹂。黄鹂系在一根木棍上，一会儿悬空吊着，一会儿被拉上来。我站住了，我望着黄鹂，忽然觉得它的焦黄的羽毛，它的嘴眼和爪子，都带有一种凄惨的神气。

“你要吗？多好玩儿！”老头儿望望我问了。

“我不要。”我转身走开了。

我想，这种鸟儿是不能饲养的，它不久会被折磨得死去。

这种鸟儿，即使在动物园里，也不能从容地生活下去吧，它需要的天地太宽阔了。

从此，有很长一段时间，我不再想起黄鹂。第二年春季，我到了太湖，在江南，我才理解了“杂花生树，群莺乱飞”这两句文章的好处。

是的，这里的湖光山色，密柳长堤；这里的茂林修竹，桑田苇泊；这里的乍雨乍晴的天气，使我看到了黄鹂的全部美丽，这是一种极致。

是的，它们的啼叫，是要伴着春雨、宿露，它们的飞翔，是要伴着朝霞和彩虹的。这里才是它们真正的家乡，安居乐业的所在。

各种事物都有它的极致。虎啸深山，鱼游潭底，驼走大漠，雁排长空，这就是它们的极致。

在一定的环境里，才能发挥这种极致。这就是形色神态和环境的自然结合和相互发挥，这就是景物一体。典型环境中的典型性格，也可以从这个角度来理解吧。这正是在艺术上不容易遇到的一种境界。

秋夜吟

郑振铎

幸亏找到小石。这一年的夏天特别热，整个夏天我以面包和凉开水作为午餐；等太阳下去，才就从那蛰居小楼的蒸烤中溜出来，嘘一口气，兜着圈子，走冷僻的路到他家里，用我们的话，“吃一顿正式的饭”。

小石是一个顽皮的学生，在教室里发问最多，先生们一不小心，就要受窘。但这次在忧患中遇见，他却变得那么沉默寡言了。既不问我为什么不到内地去，也不问我在上海还有什么任务，当然不问我为什么不住在庙弄，绝对不问我如今住在什么地方。

我突然地找到他了，突然每晚到他家里吃饭了，然而这仿佛是平常不过的事，早已如此，一点儿不突然。料理饮食的也是小石一位朋友的老太太，我们共同享用着正正式式的刚煮好的饭，

郑振铎（1898—1958），字西谛，出生于浙江温州。现代社会活动家、作家、诗人、学者、文学评论家、文学史家、翻译家、艺术史家。

还有汤，——那位老太太在午间从不为自己弄汤菜，那是太奢侈了。——在那里，我有一种安全的感觉。直到有一次我在这“晚宴”上偶然缺席，第二天去时看到他们的脸上是怎样从焦虑中得到解放，才知道他们是如何理解我的不安全。那位老太太手里提着铲刀，迎着我说：“哎呀，郑先生，您下次不来吃饭最好打电话来关照一声啊，我们还当您怎么了呢。”

然而小石连这个也不说。

于是只好轮到我找一点儿话，在吃过晚饭以后，什么版画、元曲、变文、老庄哲学，都拿来乱谈一顿，自己听听很像是在上文学史之类，有点儿可笑。

于是我们就去遛马路。

有时同着二房东的胖女孩，有时拉着后楼的小姐L，大家心里舒舒坦坦地出去“走风凉”，小石是喜欢魏晋风的，就名之谓“行散”。

遛着遛着也成为日课，一直到光脚踏屐的清脆叩声渐渐冷落下来，后门口乘风凉的人们都缩进屋里去了，我们行散的兴致依然不减。

秋天的黄昏比夏天的更好，暮霭像轻纱似的一层一层笼罩上来，迷迷糊糊的雾气被凉风吹散。夜了，反觉得亮了些，天蓝得清清静静，撑得高高的，嵌出晶莹皎洁的月亮，真是濯心涤神，非但忘却追捕、躲避、恐怖、愤怒，直要把思维上腾到国家世界以外去。

我们一边走着，一边谈性灵，谈人类的命运，争辩月之美是圆时还是缺时，是微云轻抹还是万里无垠……

小石的住所朝南朝南再朝南，是徐家汇路，临着一条河，河南大都是空地和田，没有房子遮着，天空更畅得开。我们从打浦桥顺着河沿往下走往下走，把一道土堆算城墙，又一幢黑魆魆的房屋算童话里的堡垒，听听河水是不是在流。

走得微倦，便靠在河边一株横倒的树干上，大家都不谈话。

可是一阵风吹过来，夹着河水污浊的气味，熏得我们站起来。这条河在白天原是不可向迩的。“夜只是遮盖，现实到底是现实，不能化朽腐为神奇！”小石叹了口气。

觉着有点儿凉，我随手取起了放在树干上的外衣，想穿。“嘎！”L叫了起来：“有毛毛虫。”外衣上附着两只毛虫呢，连忙抖拍下去。大家一阵忙，皮肤起着栗，好像有虫在爬。

“不要神经过敏，听，叫哥哥[1]在叫呢。”

“不，那是纺织娘。”

“哪里，那一定是铜管娘。”

“什么铜管娘，昆虫学里没有的名字。”

其实谁也没有研究过昆虫学。热心地争论起来了，把毛毛虫的不快就此抖掉。

---

1 叫哥哥：方言，即蝈蝈。

“听，那边更多呢。”“那边更多呢。”

一路倾听过去，忽然有一个孩子的声音叫：

“在这里了。”

那是一个穿了睡衣裤的小孩，手里执着小竹笼，一条辫子梢上还系着红线，一条辫子已经散了，大概是睡了听了叫哥哥叫的热闹又爬起来的。

“你不要动，等我捉。”铁丝网那边的丛莽中有一个男人在捉，看样子很是外行，拿了盒火柴，一根根划着。

秋虫的声音到处都是，可是去捉呢，又像在这里，又像在那里，孩子怕铁丝网刺他，又急着捉不到，直叫。

小石也钻进丛莽里去了。

一个骑自行车的人经过，也停了下来，放好了车，取下了车上的电石灯，也加入去捉了。

这人可是个惯家，捉了一会儿，他说：“不行，这样，你拿着灯，我们来捉。”原来的男人很听话地赶快把灯接过来，很合拍地照亮着。

果然，不一会儿，骑自行车的人就捉到了一只，大家钻出来，孩子喜欢得直跳。

骑自行车的人大大的手里夹着叫哥哥，因为感觉到大家欣赏他的成功而害羞，怯怯地说道：“给谁呢？给谁呢？”

原来在捉的男人就推给小石说：“先给他吧，他不会捉的。”

孩子也说："给你吧，我们还好再捉。"

小石被这亲热的推让和赠予弄得不好意思起来，连忙走开去，说："哪里，哪里，我原不想要，我是帮你们捉的。"想想自己又不会捉，又改说："我不过凑凑热闹。"

我们也说："小妹妹别客气了，把它放在笼子里吧，看跳掉了。"

那个孩子才欢欢喜喜感谢地要了，男人和骑自行车的人又钻进丛莽中去。

小石一边走，一边笑，一边咕噜："我又不是小孩子。推给我做什么。"

L 说："人家当你比那个小孩还小啦。这又有什么可脸红的呢。"

于是小石就辩了："月亮光底下看得出脸红脸白么？"

其实我们大家都饫饮这善良的温情而陶然了。

走得很远，回过头去，还看得见丛莽里一闪一闪亮着自行车的摩电灯。

风雨夕闷制风雨词

（《红楼梦》第四十五回选段）

曹雪芹

这里黛玉喝了两口稀粥，仍歪在床上，不想日未落时天就变了，淅淅沥沥下起雨来。秋霖脉脉，阴晴不定，那天渐渐的黄昏，且阴的沉黑，兼着那雨滴竹梢，更觉凄凉。知宝钗不能来，便在灯下随便拿了一本书，却是《乐府杂稿》，有《秋闺怨》《别离怨》等词。黛玉不觉心有所感，亦不禁发于章句，遂成《代别离》一首，拟《春江花月夜》之格，乃名其词曰《秋窗风雨夕》。其词曰：

秋花惨淡秋草黄，耿耿秋灯秋夜长。

已觉秋窗秋不尽，那堪风雨助凄凉！

曹雪芹（约 1715—约 1763），名霑，字梦阮，号雪芹，又号芹溪、芹圃，出生于江宁（今南京），《红楼梦》作者。

助秋风雨来何速！惊破秋窗秋梦绿。
抱得秋情不忍眠，自向秋屏移泪烛。
泪烛摇摇爇短檠[1]，牵愁照恨动离情。
谁家秋院无风入？何处秋窗无雨声？
罗衾不奈秋风力，残漏声催秋雨急。
连宵脉脉复飕飕，灯前似伴离人泣。
寒烟小院转萧条，疏竹虚窗时滴沥。
不知风雨几时休，已教泪洒窗纱湿。

吟罢搁笔，方要安寝，丫鬟报说："宝二爷来了。"一语未完，只见宝玉头上带着大箬笠，身上披着蓑衣。黛玉不觉笑了："那里来的渔翁！"宝玉忙问："今儿好些？吃了药没有？今儿一日吃了多少饭？"一面说，一面摘了笠，脱了蓑衣，忙一手举起灯来，一手遮住灯光，向黛玉脸上照了一照，觑着眼细瞧了一瞧，笑道："今儿气色好了些。"

黛玉看脱了蓑衣，里面只穿半旧红绫短袄，系着绿汗巾子，膝下露出油绿绸撒花裤子，底下是掐金满绣的绵纱袜子，靸着蝴蝶落花鞋。黛玉问道："上头怕雨，底下这鞋袜子是不怕雨的？也倒干净。"宝玉笑道："我这一套是全的。有一双棠木屐，才穿了来，脱在廊檐上了。"黛玉又看那蓑衣斗笠不是寻常市卖的，

1 爇（音若）短檠（音情）：蜡烛即将烧尽，燎到烛台。爇，燃烧；檠，烛台。

十分细致轻巧，因说道：“是什么草编的？怪道穿上不像那刺猬似的。”宝玉道：“这三样都是北静王送的。他闲了下雨时在家里也是这样。你喜欢这个，我也弄一套来送你。别的都罢了，惟有这斗笠有趣，竟是活的。上头的这顶儿是活的，冬天下雪，带上帽子，就把竹信子抽了，去下顶子来，只剩了这圈子。下雪时男女都戴得，我送你一顶，冬天下雪戴。”黛玉笑道：“我不要他。戴上那个，成个画儿上画的和戏上扮的渔婆了。”及说了出来，方想起话未忖夺，与方才说宝玉的话相连，后悔不及，羞的脸飞红，便伏在桌上嗽个不住。

宝玉却不留心，因见案上有诗，遂拿起来看了一遍，又不禁叫好。黛玉听了，忙起来夺在手内，向灯上烧了。宝玉笑道：“我已背熟了，烧也无碍。”黛玉道：“我也好了许多，谢你一天来几次瞧我，下雨还来。这会子夜深了，我也要歇着，你且请回去，明儿再来。”宝玉听说，回手向怀中掏出一个核桃大小的一个金表来，瞧了一瞧，那针已指到戌末亥初之间，忙又揣了，说道：“原该歇了，又扰的你劳了半日神。”说着，披蓑戴笠出去了，又翻身进来问道：“你想什么吃，告诉我，我明儿一早回老太太，岂不比老婆子们说的明白？”黛玉笑道：“等我夜里想着了，明儿早起告诉你。你听雨越发紧了，快去罢。可有人跟着没有？”有两个婆子答应：“有人，外面拿着伞点着灯笼呢。”黛玉笑道：“这个天点灯笼？”宝玉道：“不相干，是明瓦的，不怕雨。”

黛玉听说，回手向书架上把个玻璃绣球灯拿了下来，命点一支小蜡来，递与宝玉，道：“这个又比那个亮，正是雨里点的。”宝玉道：“我也有这么一个，怕他们失脚滑倒了打破了，所以没点来。”黛玉道：“跌了灯值钱，跌了人值钱？你又穿不惯木屐子。那灯笼命他们前头照着。这个又轻巧又亮，原是雨里自己拿着的，你自己手里拿着这个，岂不好？明儿再送来。就失了手也有限的，怎么忽然又变出这‘剖腹藏珠’的脾气来！”宝玉听说，连忙接了过来，前头两个婆子打着伞提着明瓦灯，后头还有两个小丫鬟打着伞。宝玉便将这个灯递与一个小丫头捧着，宝玉扶着他的肩，一径去了。

就有蘅芜苑的一个婆子，也打着伞提着灯，送了一大包上等燕窝来，还有一包子洁粉梅片雪花洋糖。说：“这比买的强。姑娘说了：姑娘先吃着，完了再送来。”黛玉道：“回去说‘费心’。”命他外头坐了吃茶。婆子笑道：“不吃茶了，我还有事呢。”黛玉笑道：“我也知道你们忙。如今天又凉，夜又长，越发该会个夜局，痛赌两场了。”婆子笑道：“不瞒姑娘说，今年我大沾光儿了。横竖每夜各处有几个上夜的人，误了更也不好，不如会个夜局，又坐了更，又解闷儿。今儿又是我的头家，如今园门关了，就该上场了。”黛玉听说笑道：“难为你。误了你发财，冒雨送来。”命人给他几百钱，打些酒吃，避避雨气。那婆子笑道：“又破费姑娘赏酒吃。”说着，磕了一个头，外面接了钱，打伞去了。

紫鹃收起燕窝，然后移灯下帘，服侍黛玉睡下。黛玉自在枕上感念宝钗，一时又羡他有母兄，一面又想宝玉虽素习和睦，终有嫌疑。又听见窗外竹梢焦叶之上，雨声淅沥，清寒透幕，不觉又滴下泪来。直到四更将阑，方渐渐的睡了。

江南的冬景

郁达夫

凡在北国过过冬天的人，总都道围炉煮茗，或吃煊羊肉，剥花生米，饮白干的滋味。而有地炉，暖炕等设备的人家，不管它门外面是雪深几尺，或风大若雷，而躲在屋里过活的两三个月的生活，却是一年之中最有劲的一段蛰居异境；老年人不必说，就是顶喜欢活动的小孩子们，总也是个个在怀恋的，因为当这中间，有的萝卜，雅儿梨等水果的闲食，还有大年夜，正月初一元宵等热闹的节期。

但在江南，可又不同；冬至过后，大江以南的树叶，也不至于脱尽。寒风——西北风——间或吹来，至多也不过冷了一日两日。到得灰云扫尽，落叶满街，晨霜白得像黑女脸上的脂粉似的清早，太阳一上屋檐，鸟雀便又在吱叫，泥地里便又放出

郁达夫（1896—1945），原名郁文，字达夫，幼名阿凤，浙江富阳人，现代作家、革命烈士。新文学团体“创造社”发起人之一。代表作有《沉沦》《故都的秋》《春风沉醉的晚上》《怀鲁迅》等。

水蒸气来，老翁小孩就又可以上门前的隙地里去坐着曝背谈天，营屋外的生涯了；这一种江南的冬景，岂不也可爱得很么？

我生长江南，儿时所受的江南冬日的印象，铭刻特深；虽则渐入中年，又爱上了晚秋，以为秋天正是读读书，写写字的人的最惠节季，但对于江南的冬景，总觉得是可以抵得过北方夏夜的一种特殊情调，说得摩登些，便是一种明朗的情调。

我也曾到过闽粤，在那里过冬天，和暖原极和暖，有时候到了阴历的年边，说不定还不得不拿出纱衫来着；走过野人的篱落，更还看得见许多杂七杂八的秋花！一番阵雨雷鸣过后，凉冷一点；至多也只好换上一件夹衣，在闽粤之间，皮袍棉袄是绝对用不着的；这一种极南的气候异状，并不是我所说的江南的冬景，只能叫它作南国的长春，是春或秋的延长。

江南的地质丰腴而润泽，所以含得住热气，养得住植物；因而长江一带，芦花可以到冬至而不败，红时也有时候会保持得三个月以上的生命。像钱塘江两岸的乌桕树，则红叶落后，还有雪白的桕子着在枝头，一点一丛，用照相机照将出来，可以乱梅花之真。草色顶多成了赭色，根边总带点绿意，非但野火烧不尽，就是寒风也吹不倒的。若遇到风和日暖的午后，你一个人肯上冬郊去走走，则青天碧落之下，你不但感不到岁时的肃杀，并且还可以饱觉着一种莫名其妙的含蓄在那里的生气；“若是冬天来了，春天也总马上会来”的诗人的名句，只有在江南的山野里，最容易体会得出。

说起了寒郊的散步，实在是江南的冬日，所给与江南居住者的一种特异的恩惠；在北方的冰天雪地里生长的人，是终他的一生，也决不会有享受这一种清福的机会的。我不知道德国的冬天，比起我们江浙来如何，但从许多作家的喜欢以 Spaziergang 一字来做他们的创造题目的一点看来，大约是德国南部地方，四季的变迁，总也和我们的江南差仿不多。譬如说十九世纪的那位乡土诗人洛在格（Peter Rosegger，1843—1918）罢，他用这一个“散步”做题目的文章尤其写得多，而所写的情形，却又是大半可以拿到中国江浙的山区地方来适用的。

江南河港交流，且又地滨大海，湖沼特多，故空气里时含水分；到得冬天，不时也会下着微雨，而这微雨寒村里的冬霖景象，又是一种说不出的悠闲境界。你试想想，秋收过后，河流边三五家人家会聚在一道的一个小村子里，门对长桥，窗临远阜，这中间又多是树枝槎丫的杂木树林；在这一幅冬日农村的图上，再洒上一层细得同粉也似的白雨，加上一层淡得几不成墨的背景，你说还够不够悠闲？若再要点景致进去，则门前可以泊一只乌篷小船，茅屋里可以添几个喧哗的酒客，天垂暮了，还可以加一味红黄，在茅屋窗中画上一圈暗示着灯光的月晕。人到了这一个境界，自然会得胸襟洒脱起来，终至于得失俱亡，死生不问了；我们总该还记得唐朝那位诗人做的“暮雨潇潇江上树”的一首绝句罢？诗人到此，连对绿林豪客都客气起来了，这不是江南冬景的迷人又是什么？

一提到雨，也就必然地要想到雪：“晚来天欲雪，能饮一杯无？”自然是江南日暮的雪景。“寒沙梅影路，微雪酒香村”，则雪月梅的冬宵三友，会合在一道，在调戏酒姑娘了。“柴门村犬吠，风雪夜归人”，是江南雪夜，更深人静后的景况。“前树深雪里，昨夜一枝开”又到了第二天的早晨，和狗一样喜欢弄雪的村童来报告村景了。诗人的诗句，也许不尽是在江南所写，而做这几句诗的诗人，也许不尽是江南人，但假了这几句诗来描写江南的雪景，岂不直截了当，比我这一支愚劣的笔所写的散文更美丽得多？

有几年，在江南，在江南也许会没有雨没有雪地过一个冬，到了春间阴历的正月底或二月初再冷一冷下一点春雪的；去年（一九三四）的冬天是如此，今年的冬天恐怕也不得不然，以节气推算起来，大约太冷的日子，将在一九三六年的二月尽头，最多也总不过是七八天的样子。像这样的冬天，乡下人叫作旱冬，对于麦的收成或者好些，但是人口却要受到损伤；旱得久了，白喉，流行性感冒等疾病自然容易上身，可是想恣意享受江南的冬景的人，在这一种冬天，倒只会得到快活一点，因为晴和的日子多了，上郊外去闲步逍遥的机会自然也多；日本人叫作Hi-king，德国人叫作Spaziergang狂者，所最欢迎的也就是这样的冬天。

窗外的天气晴朗得像晚秋一样；晴空的高爽，日光的洋溢，引诱得使你在房间里坐不住。空言不如实践，这一种无聊的杂文，我也不再想写下去了，还是拿起手杖，搁下纸笔，上湖上散散步罢！

一九三五年十二月一日

偶然

戴望舒

如果生命的春天重到，
古旧的凝冰都哗哗地解冻，
那时我会再看见灿烂的微笑，
再听见明朗的呼唤——这些迢遥的梦。
这些好东西都决不会消失，
因为一切好东西都永远存在，
它们只是像冰一样凝结，
而有一天会像花一样重开。

戴望舒（1905—1950），名承，字朝安，浙江省杭州市人。中国现代派象征主义诗人、翻译家。

读书与冥想

夏丏尊

如果说山是宗教的，那么湖可以说是艺术的、神秘的，海可以说是革命的了。梅戴林克的作品近于湖，易卜生的作品近于海。

湖大概在山间，有一定数目的鳞介做它的住民，深度性状也不比海的容易不一定。幽邃寂寥，易使人起神秘的妖魔的联想。古来神妖的传说多与湖有关系：《楚辞》中洞庭的湘君，是比较古的神话材料；西湖的白蛇，是妇孺皆知的民间传说。此外如巢湖的神姥（刘后村《诗话》：姜白石有《平调满江红》词，自序云："《满江红》旧词用仄韵，多不协律……予欲以平韵为之，久不能成。因泛巢湖……祝曰：'得一夕风，当以《平韵满江红》为迎送神曲。'言讫，风与笔俱驶，顷刻而成。"）、芙蓉湖的赤鲤（《南徐州记》："子英于芙蓉湖捕得一赤鲤，养之一

夏丏尊（1886—1946），浙江绍兴上虞人，名铸，字勉旃，后改字丏尊，号闷庵。现代文学家、语文学家、出版家和翻译家。

年生两翅。鱼云：‘我来迎汝。’子英骑之，即乘风雨腾而上天，每经数载，来归见妻子，鱼复来迎。”）、小湖的鱼（《水经注》：“谷水出吴小湖，径由拳县故城下。”《神异传》曰：“由拳县，秦时长水县也。”始皇时县有童谣曰：“城门当有血，城陷没为湖。”有老妪闻之忧惧，旦往窥城门，门侍欲缚之，妪言其故。后，门侍杀犬以血涂门。妪又往，见血走去，不敢顾。忽又大水长欲没县，主簿令干入白令。令见干曰：“何忽作鱼？”干又曰：“明府亦作鱼。”遂乃沦为谷矣。）、白马湖的白马（《水经注》：“白马潭深无底。传云：创湖之始，边塘屡崩，百姓以白马祭之，因以名水。”又，《上虞县志》：晋县令周鹏举治上虞有声，相传乘白马入湖仙去。）等都是适当的例证。湖以外的地象，如山、江、海等，虽也各有关联的传说，但恐没有像湖的传说来得神秘的和妖魔的了，可以说湖是地象中有魔性的东西。

将自己的东西给予别人，还是容易的事，要将不是自己的东西当作自己的来享乐，却是一件大大的难事。“虽他乡之洵美兮，非吾土之可怀”，就是这心情的流露。每游公园名胜等公共地方的时候，每逢借用公共图书的时候，我就起同样的心情，觉得公物虽好，不及私有的能使我完全享乐，心地的窄隘，真真愧杀。这种窄隘的心情，完全是私有财产制度养成的。私有财产制度一面使人能占有所有，一面却使人把所有的范围减小，使拥有万象的人生变为可怜的穷措大了。

熟于办这事的曰老手，曰熟手，杀人犯曰凶手，运动员曰选手，精于棋或医的人曰国手，相助理事曰帮手，供差遣者曰人手，对于这事负责任的曰经手，处理船务的曰水手……手在人类社会的功用真不小啊。

人类的进化可以说全然是手的恩赐。一切机械就是手的延长。动物虽有四足，因为无手的缘故，进步遂不及人类。

近来时常做梦，有儿时的梦，有遇难的梦，有遇亡人的梦。

一般皆认梦为虚幻，其实由某种意义看，梦确是人生的一部分，并且有时比现实生活还要真实。白日的秘密，往往在梦呓中如实暴露。在悠然度日的人们，突然遇着死亡疾病灾祸等人世的实相的时候，也都惊异地说："这不是梦吗？""好比做了一场梦！"

梦是个人行为和社会状况的反光镜。正直者不会有窃物的梦，理想社会的人们不会有遇盗劫受兵灾的梦。

高山不如平地大。平的东西都有大的涵义。或者可以竟说平的就是大的。

人生不单因了少数的英雄圣贤而表现，实因了蚩蚩平凡的民众而表现的。啊，平凡的伟大啊。

莎翁戏曲中的男性几乎没有一个完全的人。《奥赛罗》中的奥赛罗，《叙利·西柴》中的西柴等，都是有缺点的英雄；《哈姆雷特》中的哈姆雷特，是空想的神经质的人物；《罗密欧与朱丽叶》中的罗密欧是性急的少年。

但是，他的作品中女性几乎没有一个不是聪明贤淑，完全无疵的人。《李尔王》中的考狄利娅，《奥赛罗》中的苔丝狄梦娜，《威尼斯商人》中的鲍西娅等，都是女性的最高的典型（据拉斯京的《女王的花园》）。

莎翁将人世悲哀的原因归诸人性的缺陷，这性格的缺陷又偏单使男性负担。在莎翁剧中，悲剧是由男性发生，女性则常居于救济者或牺牲者的地位。

教师对于学生所应取的手段，只有教育与教训两种：教育是积极的辅助，教训是消极的防制。这两种作用，普通皆依了教师的口舌而行。要想用口舌去改造学生，感化学生，原是一件太不自量的事，特别地在教训一方面，效率尤小。可是教师除了这笨拙的口舌，已没有别的具体的工具了。不用说，理想的教师应当把真心装到口舌中去，但无论口舌中是否笼着真心，口舌总不过是口舌，这里面有着教师的悲哀。

能知道事物的真价的，是画家，文人，诗人。凡是艺术，不以表示了事物的形象就算清楚满足，还要捕捉潜藏在事物背面或里面的生命。近代艺术所以渐渐带着象征的倾向，就是为此。

生物学者把物分为生物与无生物，其实世间的一切都是活着的。泥土也是活的，水也是活的，灯火也是活的，花瓶也是活的，都有着力，都有着生命。不过这力和生命，昏于心眼的人却是无从看见，无从理会。

学画兰花只要像个兰花，学画山水只要像个山水，是容易的，可是要他再好，是不容易的了；写字但求写得方正像个字，是容易的，可是要他再好是不容易的了。

真要字画文章好，非读书及好好地做人不可，不是仅从字画文章上学得好的。那么，有好学问或好人格的人都可以成书画家文章家了吗？那却不然，因为书画文章在某种意义上是艺术的缘故。

书房的窗子

杨振声

说也可怜，八年抗战归来，卧房都租不到一间，何言书房？既无书房，又何从说到书房的窗子！

唉，先生，你别见笑。叫化子连做梦都在想吃肉，正为没得，才想得厉害；我不但想到书房，连书房里每一个角落，我都布置好。今天又想起了我那书房的窗子。

说起窗子，那真是人类穴居之后一点灵机的闪耀，才发明了它。它给你清风与明月，它给你晴日与碧空，它给你山光与水色，它给你安安静静地坐于窗前，欣赏着宇宙的一切。一句话，它打通与你天然的界限。

窗子的功用，虽是到处一样，而窗子的方向，却有各人的嗜好不同。陆放翁的“一窗晴日写《黄庭》”，大概指的是南窗。我不反对南窗的光明与健康，特别在北方的冬天，南窗放进满

杨振声（1890—1956），字今甫，亦作金甫，笔名希声，山东蓬莱人。现代教育家、作家。

屋的晴日，你随便拿一本书坐在窗下取暖，书页上的诗句全浸润在金色的光浪中，你书桌旁若有一盆腊梅，那就更好。以前在北平只值几毛钱一盆，高三四尺者，亦不过一两元。腊梅比红梅色雅而秀清，价钱并不比红梅贵多少。那么，就算有一盆腊梅罢。腊梅在阳光的照耀下，荡漾着芬芳，把几枝疏脱的影子，漫画在新洒扫的蓝砖地上，如漆墨画。天知道，那是一种清居的享受。

东窗的初红里迎着朝暾，你起来开了格扇，放进一屋的清新。朝气洗涤了昨宵一梦的荒唐，使人精神清振，与宇宙万物一体更新。假使你窗外有一株古梅或是海棠，你可以看“朝日红妆”；有海，你可以看“海日生残夜”；一无所有，看朝霞的艳红，再不然，看想象中的郿宫，“晓日靓装千骑女，白樱桃下紫纶巾”。

“挂起西窗浪接天”，这样的西窗，不独坡翁喜欢，我们谁都喜欢。然而，西窗的风趣，正不止此，压山的红日徘徊于西窗之际，照出书房里一种透明的宁静。苍蝇的搓脚，微尘的轻游，都带些倦意了。人在一日的劳动后，带着微疲放下工作，舒适地坐下来吃一杯热茶，开窗西望，太阳已隐到山后了。田间小径上，疏落地走着荷锄归来的农夫，隐约听见母牛“哞哞”地唤着小犊同归。山色此时已由微红而深紫，而黝蓝。苍然暮色也渐渐笼上山脚的树林。西天上，独有一缕镶着黄边的白云，冉冉而行。

然而我独喜欢北窗。那就全是光的问题了。

说到光，我有一个偏向，就是不喜欢强烈的光而喜欢清淡的光，不喜欢敞开的光而喜欢隐约的光，不喜欢直接的光而喜欢反射的光。就拿日光来说罢，我不爱中午的骄阳，而爱“晨光之熹微”与落日的古红。纵使光度一样，也觉得一片平原的光海，总不及山阴水曲间光线的隐翳，或枝叶扶疏的树荫下光波的流动。至于反光，更比直光来得委婉。“残夜水明楼”，是那般的清虚可爱；而“明清照积雪”，使你感到满目清晖。

不错，特别是雪的反光。在太阳下是那样霸道，而在月光下却又这般温柔。其实，雪的反光在阴阴天宇下，也蛮有风趣。特别是新雪的早晨，你一醒来，全不知道昨宵降了一夜的雪，只看从纸窗透进满室的虚白，便与平时不同，那白中透出银色的清晖，湿润而匀净，使屋子里平添一番恬静的滋味。披衣起床且不看雪，先掏开那尚未睡醒的炉子，那屋里顿然煦暖。然后再从容揭开窗帘一看，满目皓洁，庭前的树枝都压垂到地角上了。望望天，还是阴阴的，那就准知道这一天你的屋子会比平常更幽静。

至于拿月光与日光比，我当然更喜欢月光。在月光下，人是那般隐藏，天宇是那般的素净。现实的世界退缩了，想象的世界放大了。我们想象的放大，不也就是我们人格的放大？放大到感染一切时，整个的世界也因而富有情思了。“疏影横斜水清浅，暗香浮动月黄昏”，比之“晴雪梅花”更为空灵，更为生动；“无情有恨何人见，月亮风清欲坠时”，比之“枝头春意”更富深情与幽思；而“宿妆残粉未明天，每立昭阳花树边”，也比“水晶帘下看梳头”更动人怜惜之情。

这里不止是光度的问题，而且是光度影响了态度。强烈的光使我们一切看得清楚，却不必使我们想得明透；使我们有行动的愉悦，却不必使我们有沉思的因缘；使我们像春草一般地向外发展，却不能使我们像夜合一般地向内收敛。强光太使我们与外物接近了，留不得一分想象的距离。而一切文艺的创造，绝不是一些外界事物的推拢，而是事物经过个性的熔冶、范铸出来的作物。强烈的光与一切强有力的东西一样，它压迫我们的个性。

以此，我便爱上了北窗。南窗的光强，固不必说；就是东窗和西窗也不如北窗。北窗放进的光是那般清淡而隐约，反射而不直接。说到反光，当然便到了“窗子以外”了，我不敢想象窗外有什么明湖或青山的反光，那太奢望了。我只希望北窗外有一带古老的粉墙。你说，古老的粉墙？一点不错。最低限度地要老到透出点微黄的颜色；假如可能，古墙上生几片青翠的石斑。这墙不要去窗太近，太近则逼仄，使人心狭；也不要太远，太远便不成为窗子屏风；去窗一丈五尺左右便好。如此，古墙上的光辉反射在窗下的桌上，润泽而淡白，不带一分逼人的霸气。这种清光，绝不会侵凌你的幽静，也不会扰乱你的运思。它与清晨太阳未出以前的天光，及太阳初下，夕露未滋，湖面上的水光，同是一样的清幽。

假如，你嫌这样的光太朴素了些，那你就在墙边种上一行疏竹。有风，你可以欣赏它婆娑的舞容；有月，窗上迷离的，是潇潇的竹影；有雨，它给你平添一番清凄；有雪，那素洁，那清劲，确是你清寂中的佳友。即使无月无风，无雨无雪，红日半墙，竹荫微动，掩映于你书桌上的清晖，泛出一片青翠，几纹波痕，那般地生动而空灵。你书桌上满写着清新的诗句，你坐在那儿，纵使不读书也“要得”。

平淡的境界

周国平

一

很想写好的散文，一篇篇写，有一天突然发现竟积了厚厚一摞。这样过日子，倒是很惬意的。至于散文怎么算好，想来想去，还是归于“平淡”二字。

以平淡为散文的极境，这当然不是什么新鲜的见解。苏东坡早就说过“寄至味于淡泊”一类的话。今人的散文，我喜欢梁实秋的，读起来真是非常舒服，他追求的也是“绚烂之极归于平淡”的境界。不过，要达到这境界谈何容易。“作诗无古今，惟造平淡难。”之所以难，我想除了在文字上要下千锤百炼的功夫外，还因为这不是单单文字功夫能奏效的。平淡不但是一种文字的境界，更是一种胸怀，一种人生的境界。

周国平，1945 年出生于上海。中国社会科学院哲学研究所研究员，学者、作家、哲学研究者，国内重要的尼采研究者。

仍是苏东坡说的："大凡为文，当使气象峥嵘，五色绚烂，渐老渐熟，乃造平淡。"所谓老熟，想来不光指文字，也包含年龄阅历。人年轻时很难平淡，譬如正走在上山的路上，多的是野心和幻想。直到攀上绝顶，领略过了天地的苍茫和人生的限度，才会生出一种散淡的心境，不想再匆匆赶往某个目标，也不必再担心错过什么，下山就从容多了。所以，好的散文大抵出在中年之后，无非是散淡人写的散淡文。

当然，年龄不能担保平淡，多少人一辈子蝇营狗苟，死不觉悟。说到文人，最难戒的却是卖弄，包括我自己在内。写文章一点不卖弄殊不容易，而一有卖弄之心，这颗心就已经不平淡了。举凡名声、地位、学问、经历，还有那一副多愁善感的心肠，都可以拿来卖弄。不知哪里吹来一股风，散文中开出了许多顾影自怜的小花朵。读有的作品，你可以活脱看到作者多么知道自己多愁善感，并且被自己的多愁善感所感动，于是愈发多愁善感了。戏演得愈真诚，愈需要观众。他确实在想象中看到了读者的眼泪，自己禁不住也流泪，泪眼蒙眬地在稿子上签下了自己的名字。

好的散文家是旅人，他只是如实记下自己的人生境遇和感触。这境遇也许很平凡，这感触也许很普通，然而是他自己的，他舍不得丢失。他写时没有想到读者，更没有想到流传千古。他知道自己是易朽的，自己的文字也是易朽的，不过他不在乎。这个世界已经有太多的文化，用不着他再来添加点什么。另一方面呢，他相信人生最本质的东西终归是单纯的，因而不会永远消失。他今天所捡到的贝壳，在他之前一定有许多人捡到过，在他之后一定还会有许多人捡到。想到这一点，他感到很放心。

有一年我到云南大理，坐在洱海的岸上，看白云在蓝天缓缓移动，白帆在蓝湖缓缓移动，心中异常宁静。这景色和这感觉千古如斯，毫不独特，却很好。那时就想，刻意求独特，其实也是一种文人的做作。

活到今天，我觉得自己已经基本上（不是完全）看淡了功名富贵，如果再放下那一份“语不惊人死不休”的虚荣心，我想我一定会活得更自在，那么也许就具备了写散文的初步条件。

二

当然，要写好散文，不能光靠精神涵养，文字上的功夫也是缺不了的。

散文最讲究味。一个人写散文，是因为他品尝到了某种人生滋味，想把它说出来。散文无论叙事、抒情、议论，或记游、写景、咏物，目的都是说出这个味来。说不出一个味，就不配叫散文。譬如说，游记写得无味，就只好算导游指南。再也没有比无味的散文和有学问的诗更让我厌烦的了。

平淡而要有味，这就难了。酸甜麻辣，靠的是作料。平淡之为味，是以原味取胜，前提是东西本身要好。林语堂有一妙比：

只有鲜鱼才可清蒸。袁中郎云：“凡物酿之得甘，炙之得苦，唯淡也不可造，不可造，是文之真性灵也。”平淡是真性灵的流露，是本色的自然呈现，不能刻意求得。庸僧谈禅，与平淡沾不上边儿。

说到这里，似乎说的都是内容问题，其实，文字功夫的道理已经蕴含在其中了。

如何做到文字平淡有味呢？

第一，家无鲜鱼，就不要宴客。心中无真感受，就不要作文。不要无病呻吟，不要附庸风雅，不要敷衍文债，不要没话找话。尊重文字，不用文字骗人骗己，乃是学好文字功夫的第一步。

第二，有了鲜鱼，就得讲究烹调了，目标只有一个，即保持原味。但怎样才能保持原味，却是说不清的，要说也只能从反面来说，就是千万不要用不必要的作料损坏了原味。作文也是如此。林语堂说行文要“来得轻松自然，发自天籁，宛如天地间本有此一句话，只是被你说出而已”。话说得极漂亮，可惜做起来只有会心者知道，硬学是学不来的。我们能做到的是谨防自然的反面，即不要做作，不要着意雕琢，不要堆积辞藻，不要故弄玄虚，不要故作高深，等等，由此也许可以逐渐接近一种自然的文风了。爱护文字，保持语言在日常生活中的天然健康，不让它被印刷物上的流行疾患侵染和扭曲，乃是文字上的养身功夫。

第三，只有一条鲜鱼，就不要用它熬一大锅汤，冲淡了原味。文字贵在凝练，不但在一篇文章中要尽量少说和不说废话，而且在一个句子里也要尽量少用和不用可有可无的字。文字的平淡得力于自然质朴，有味则得力于凝聚和简练了。因为是原味，所以淡，因为水分少，密度大，所以又是很浓的原味。事实上，所谓文字功夫，基本上就是一种删除废话废字的功夫。陀思妥耶夫斯基在谈到普希金的诗作时说："这些小诗之所以看起来好像是一气呵成的，正是因为普希金把它们修改得太久了的缘故。"梁实秋也是一个极知道割爱的人，所以他的散文具有一种简练之美。世上有一挥而就的佳作，但一定没有未曾下过锤炼功夫的文豪。灵感是石头中的美，不知要凿去多少废料，才能最终把它捕捉住。

如此看来，散文的艺术似乎主要是否定性的。这倒不奇怪，因为前提是有好的感受，剩下的事情就只是不要把它损坏和冲淡。换一种比方，有了真性灵和真体验，就像是有了良种和肥土，这都是文字之前的功夫，而所谓文字功夫无非就是对长出的花木施以防虫和剪枝的护理罢了。

关于家务

王安忆

意愿像和人闹着玩似的，渴望得那么迫切，实现却又令人失望。为了“距离产生魅力”的境界，我与丈夫立志两地分居。可不过两年，又向往起一地的生活。做了多少夜梦和昼梦，只以为到了那一天，便真正地幸福了，并且自以为我们的幸福观经受了生活严峻的考验。而终于调到一地的时候，却又生出无穷的烦恼。

原先，我们的小窝不开伙，单身的日子也过得单纯，可调到一地，正式度日，便再不好意思天天到娘家坐吃，自己必须建立一份家务。

我们在理论上先明确了分工，他买菜、洗衣、洗碗，我烧饭。他的任务听起来很伟大，一共有三项，而我是一项。可事实

王安忆，原籍福建同安，1954年出生于江苏南京，当代作家，茅盾文学奖得主。代表作品有长篇小说《长恨歌》《天香》《一把刀，千个字》，中短篇小说《小鲍庄》《发廊情话》等。

上，家务里除了有题目的以外，还有更多更多没有名字、细碎得羞于出口的工作。他每日里八小时坐班，每天早上，洗过脸，吃过早饭，便骑着自行车，迎着朝阳上班去，一天很美好地开始了。而我还须将一整个家收拾一遍，衣服晾出去——他只管洗，晾、晒、收、叠均不负责。床铺好，扫地、擦灰等一切弄好，终于在书桌前坐下的时候，已经没了清晨的感觉。他在办公室里专心一意地工作，休息的时候，便骑车出去转一圈，买来鱼、肉或蔬菜，众目睽睽之下收藏在办公桌下，当人们问起他在家干什么的时候，他亦可很响亮地回答："除了买菜，还洗碗、洗衣服。"十分模范的样子。于是，不久单位里对他便有了极高的评价：勤快、会做等等。

而谁也不会知道，我在家里一边写作一边还须关心着水烧开了冲水，一会儿，里弄里招呼着去领油粮票，一会儿，又要领八元钱的生活补助费……多少工作是默默无闻的，都归我在做着，却没有一声颂扬。

并且，家务最重要的不仅是动手去做，而且要时时想着。比如，什么时候要洗床单了，什么时候要扫尘了，什么时候要去洗染店取干洗的衣服，什么时候要卖废纸了，这些，全是我在想，如有一桩想不到，他是不会主动去做的。最最忙乱的是早晨，他赶着要上班，我也急着打发他走，可以趁早写东西。要做的事情多得数不清，件件都在眼前，可即使在我刷牙而无法说话的那一瞬间，他也会彷徨起来不知所措。

虽是他买菜，可是买什么还须我来告诉他，只有一样东西他是无须交代也会去办的，那便是买米和面包。在农村多年的插队生活，使他认识到，粮食是最重要的，只要有了粮食，别的都不重要了。所以，米和面包吃完的时候，也是他最慌乱和最积极的时候。

平心而论，他是很够勤勉了，只要请他做，他总是努力。比如有一次我有事不能回家做饭，交代给了他。回来之后， 便见他在奔忙，一头的汗，一身的油，围裙袖套全副武装，桌上地下铺陈得像办了一桌酒席，确也弄出了三菜一汤，其中一个菜是从汤里捞出来装盆独立而成的，因为曾听我说过，汤要炖得碧青才是功夫，于是就给了我一个清澈见底的汤。

可是，他干这一切的时候却总有着为别人代劳的心情。洗茶杯，他会说："茶杯给你洗好了。"买菜，他则说："菜给你买来了。"弄到后来，我也传染了这种意识。请他拿碗，就说："帮我拿一只碗。"请他盛饭，说："帮我盛盛饭。"其实，他应该明白，即使他手里洗的是我的一件衣服，这也是我们共同的工作。可是，他不很明白。

以往，我是很崇拜高仓健这样的男性的，高大、坚毅、从来不笑，似乎承担着一世界的苦难与责任。可是渐渐地，我对男性的理解越来越平凡了，我希望他能够体谅女人，为女人负担哪怕是洗一只碗的小小的劳动。须男人到虎穴龙潭救女人的机会似乎很少，生活越来越被渺小的琐事充满。都市文明带来了紧张的生活节奏，人越来越密集地存在于有限的空间里，只须挤公共汽车时背后有力地一推，便也可解决一点辛苦，自然这是太不伟大，太不壮丽了。可是，事实上，佩剑时代已经过去了。

曾有个北方朋友对我大骂上海“小男人”，只是因为他们时常提着小菜篮子去市场买菜，居然还要还价。听了只有一笑，男人的责任如果只扮演成一个雄壮的男子汉，让负重的女人欣赏爱戴，那么，男人则是正式地堕落了。

所以，我对男影星的迷恋，渐渐地从高仓健身上转移到美国的达斯廷·霍夫曼身上，他在《午夜牛郎》中扮演一个流浪汉，在《毕业生》中扮演刚毕业的大学生，在《克雷默夫妇》里演克雷默。他矮小，瘦削，貌不惊人，身上似乎消退了原始的力感，可却有一种内在的，能够应付瞬息万变的世界的能力。他能在纽约乱糟糟的街头生存下来，能克服了青春的虚无与骚乱，终于有了目标，能在妻子出走以后像母亲一样抚养儿子——看着他在为儿子烤法国面包，为儿子系鞋带，为儿子受伤而流泪，我几乎以为这就是男性的伟大了，比较起来，高仓健之类的男性便只成了诗歌里和图画上的男子汉了。

生活很辛苦，要工作，还要工作得好……要理家，谁也不甘比别人家过得差。为了永远也做不尽的家务，吵了无数次的嘴，流了多少眼泪，还罢了工，可最终还得将这日子过下去，这日子却也吸引着人过下去。每逢烦恼的时候，他便用我小说中的话来刻薄我：“生活就是这样，这就是生活。”这时方才觉出自己小说的浅薄，可是再往深处想了，仍然是这句话：这就是生活，有着永远无法解决的矛盾，却也有同样令人不舍的东西。

虽有着无穷无尽的家务，可还是有个家好啊，还是在一地的好啊。

房间里有把男人用的剃须刀，阳台上有几件男人的衣服晾着，便有了安全感似的心定了；逢到出差回家，想到房间有人等着，即使这人将房间糟蹋得不成样子，心里也是高兴。

反过来想，如若没有一个人时常地吵吵嘴，那也够冷清的；如若没有一大摊杂事打搅打搅，每日尽爬格子又有何乐趣，又能爬出什么名堂？想到这些，便心平气和了。

何况，彼此都在共同生活中有了一点进步，他日益增进了责任心，紧要时候，也可朴素地制作一汤一菜。我也去掉一点大小姐的娇气，正视了现实。

总之，既然耐不住孤独要有个家，那么有了家必定就有了家务，就只好吵吵闹闹地做家务了。

童年之友

缪崇群

十年来徘徊在她们的门外，那槐荫下的大门，几乎在我的眼里映过上千的次数了；然而，我所渴望的人，我童年的友伴，终于没有邂逅过一次。

这大约是人间的通性，一个病在床上的老人，他会想到许许多多故乡的土产，虽然这些土产就是萝卜，青菜或芋头……同样的一个思春期的青年，他无论怎样憧憬着锦般的未来，神般的偶像，但他决不会忘记了他的童年的友伴。童年的友伴，好像距他最近，也了解他最深似的。

童年恐怕才是人生的故乡，童年所经过的每椿事，就好像是故乡里所生的每种土产了。

谁都禁不住地要系念他的故乡与土产，但谁能够回到他“人生”的故乡，在那里还采集着土产呢？

缪崇群（1907—1945），笔名终一。江苏六合人，现代作家、翻译家。散文代表作有《晞露集》《寄健康人》《废墟集》《夏虫集》等。

回想，惟有回想了；也正如同纸上的画饼与梅子：充不了饥肠，也止不住口渴。

敏，她是我童年的惟一的友伴，她比我小两岁，从六七岁我们便在一起了。那时我们的家也在那槐荫下的大门里。大门里有三个院子，我们住在最前边，她们住在最后边；中间隔着一个花园，花园的前边还住着一位史太太。史太太也有一个女儿，她的名字我已经忘记了。

弟弟那时是红菊姊带着，能够单独在一起玩的只有我和敏和史家的姑娘三个人。

不过史家的姑娘也和我们不很好的，因为我和敏时冷待她。我们玩的时候，不在后院，便在前院，史太太那里我们是很少去的。不过有时候敏和我闹恼了，她偏偏喜欢到史太太廊子上的柱前去哭，用袖子把眼睛拭得通红的，好像要宣示给人家，她实在受了我的委屈了。

她每逢哭了，史太太便揭开帘子趁机地说：

“我叫你不要和他玩罢？男孩子总是会欺负人的；姑娘和姑娘在一起玩，再也不会打起来。”

假使当时我的母亲或她的母亲出来讯问，史太太又这样地说了：

“大人们真不能为孩子劝架，好起来是他们，恼起来也是他们。香的时候就恨不得穿一条连裆裤，臭了比狗屎还臭……”

接着便是史太太张着金牙的嘴大笑。

其实，我从来没有欺负过敏，每次哭，大约都是因为她要撒娇。有几次她在史太太的廊子上哭，我趁着没有人出来的时候悄悄拉她几把，她便又带着鼻涕笑了。

“一哭一笑，小猫上吊。”我把右手的食指，放在鼻上羞她。

她跑了，我知道风波平静了。她跑到花园，我便也跟到花园，在花园里，我们又重新是一对亲密的伴侣了。

那时候的敏，在我眼里真是一个最美丽的仙子了。她一笑，我的世界就是阳春骀荡；她一哭，我的世界顿时又变得苦雨凄风了。最有趣的，莫过于她娇嗔我了，她以为我怕她，其实我尽蹲在一边看她那对乌黑浑圆发亮的眸子。她支持的时间愈长，我感到的快活也仿佛愈浓似的。

真的，我每逢回想到童年的时候的奇怪的性格，我脸上便禁不住地要频频发烧。在女性的面前，我从来不以那些装出的骑士或英雄的风度为荣；就是被她们虐待着，压迫着，在我也并不以为耻辱。童年，我或者被敏骂过，唾过，也许还被她打过，但在我的身上，丝毫不曾留下一点伤痕。我真是懊悔，我如果留着那种伤痕，我是怎样地感着酥痒而快活的呵！

从六七岁一直到十三四，我们双双的足迹，大概已经把那个偌大的花园踏遍了，或者重复了又重复罢。年龄渐渐大了，跳着跑着的游戏，也渐渐稀少了。后来我们常常默默坐在廊下或窗前，翻阅图画册子，或者读一些浅近的童话。

记得我有一次曾在她面前夸耀过我在小学展览会里的成绩，她有一次也给我说过一个她最得意的故事。那故事我到如今还记得的，大意是当初有过一个鞋匠，他一次用鞋底击过十个苍蝇，他的绰号是：嬉嬉哈哈，一击十个……

当着我们眼睛光碰到一起，或者并坐着觉得彼此的肩背已经靠得温暖了的时候，我们便又不好意思地离开了。莫非那时已经有了一个“魔”，不时地拖我们相亲，不时地又用力把我们分离么？

我们的家，已经从她们那里迁出十多年了。在这十多年里，我和敏的天地，几乎完全隔绝了；虽然我们还是同在一个城圈里，相隔不远的。

母亲在的时候，还有时谈起敏，又提到我的婚姻。母亲去世之后，只有我一个人在夜深时，孤独地，辗转着系念她了。白日里，每一兴奋起来，便要跑到她们的门前去，我想进去会她，我没有勇气；我想等待着和她一见，也总没有那么一次相巧的机会。我默默地在她的门前徘徊，我的心，似乎比那槐荫还更阴沉……

前年的秋天，听说敏的母亲病重了，我于是鼓着我的勇气，我想亲自到那槐荫下的大门里探问她们了。

我两手虔诚地捧着我那“希望”的花蕾，那蕴藏在我的心园，十多年来未曾放过的一枝花蕾，战战兢兢地叫开了她们的门扉，我又如梦一般地走进了她们的庭院了；我是如梦一般地坐在敏的寝室里。我四处张望，我没有找到敏的踪影。

她好像是刚才艳装出去了；她的妆台上放着一盆乳白的带温的脸水，还放着揭着盖儿的香粉，胭脂……床上团着锦被，绒枕；壁上挂着许多电影的明星……那一件一件时髦的衣裳，也都零乱得没有收起……

我悄悄走进往日的花园，往日盛开着一切的花园，现在已荒芜而废弃了。只有几株皱皮的枣树，还东倒西歪地倚在墙头。他们好像是年老的园丁，只有厮守着这里，而无心再顾这满目荒凉的景象了。

青春的花园，已经颓老了，失却红颜的女子，还在向她们的颊上涂抹粉脂！

去年的秋天，我真的有一次遇见敏了。

和她偕手欢笑的是一个“明星”般的少年，而在她的眼前过去的——一个童年的友伴，竟没有得她一睬呢。

唉，那蕴藏在我的心园里，十多年来未曾放过的一枝花蕾——我永远不曾想着把它遗弃的一枝花蕾，现在我已经无处亦无法捧赠我那童年的友伴了；去罢，我心里低低地说着——

让这枝花蕾，还是在你自己的那双高底鞋跟下残踏了罢；我的心园已经冰凉了，它迟早地会死去的……

去罢！你希望，你娼妓！

那病在床上的老人，我祝她早早健康起来；那徘徊于爱人门外的青年，也快快地回转过头来罢！

“人生”的故乡，毕竟是归不得的，聪明人，莫再回想你们的童年了！不要踌躇地向前进，大道和果园，焉知道不展在你的眼前呢？

青年烦闷的解救法

宗白华

现在中国有许多的青年，实处于一种很可注意的状态，就是对于旧学术、旧思想、旧信条都已失去了信仰，而新学术、新思想、新信条还没有获着，心界中突然产生了一种空虚，思想情绪没有着落，行为举措没有标准，搔首踯躅，不知怎么才好，这就是普通所谓“青年的烦闷”。

这种青年烦闷的状态，以及由此状态产生的现象，如一方面对于一切怀疑，力求破坏；他方面，又对于一切武断，急求建设。思想没有定着，感情易于摇动，以及自杀逃走等等的事实，这本是向来“黎明运动”所常附带的现象，将来自然会趋于稳健创造的一途，为中国文化开一新纪元，就着过去历史上看来，本是很可喜的现象。但是，我们自己既遇着这种时期，陷入这

宗白华（1897—1986），本名之櫆，字白华、伯华，出生于安徽省安庆市，现代美学家、诗人。著有《美学散步》《艺境》等。

种状态，就不得不自谋解救的方法，以求早入稳健创造的境地。

这解救的方法，本也不少。譬如建立新人生观、新信条等类。但这都还嫌纡远了一点，须有科学哲学的精神研究，不是一时可以普遍的。我们现在须要筹出几种“具体的方法”，将这方法传播给烦闷的青年，待他们自己应用这种方法去解救他们的苦闷。我现在本着我一时的观察，想了几条方法，写出来引动大众的讨论，希望还得着更周密完备的计划，以解决这青年烦闷的问题，则中国解放运动的前途，可以免了许多的危险和牺牲了。

（一）唯美的眼光。唯美的眼光，就是我们把世界上社会上各种现象，无论美的、丑的、可恶的、龌龊的、伟丽的自然生活，以及鄙俗的社会生活，都把它当作一种艺术品看待——艺术品中本有表写丑恶的现象的——因为我们观览一个艺术品的时候，小己的哀乐烦闷都已停止了，心中就得着一种安慰、一种宁静、一种精神界的愉乐。我们若把社会上可恶的事件当作一个艺术品观，我们的厌恶心就淡了。我们对于一种烦闷的事件做艺术的观察，我们的烦闷也就消了。所以，古时悲观的哲学家，就把人世，看作一半是“悲剧”，一半是“滑稽剧”，这虽是他悲观的人生观，但也正是他的艺术的眼光，为他自己解嘲。但我们却不必做这种消极的、悲观的人生观。我们要持纯粹的唯美主义，在一切丑的现象中看出它的美来，在一切无秩序的现象中看出它的秩序来，以减少我们厌恶烦恼的心思，排遣我们烦闷无聊的生活。

这还是从消极的一方面说。积极的方面，也还有许多的好处：

（A）我们常时做艺术的观察，又常同艺术接近，我们就会渐渐地得着一种超小己的艺术人生观。这种艺术人生观就是把“人生生活”当作一种“艺术”看待，使它优美、丰富、有条理、有意义。总之，就是把我们的一生生活，当作一个艺术品似的创造。这种“艺术式的人生”，也同一个艺术品一样，是个很有价值、有意义的人生。有人说，诗人歌德的人生比他的诗还有价值，就是因为他的人生同一个高等艺术品一样，是很优美、很丰富、有意义、有价值的。

（B）我们持了唯美主义的人生观，消极方面可以减少小己的烦闷和痛苦，而积极的方面，又可以替社会提倡艺术的教育和艺术的创造。艺术教育，可以高尚社会人民的人格。艺术品是人类高等精神文化的表示，这两种的贡献，也就不算小的了。

总之，唯美主义或艺术的人生观可算得青年烦闷解救法之一种。

（二）研究的态度。怎样叫作研究的态度？当我们遇着一个困难或烦闷的事情的时候，我们不要就计较它对于切己的利害，以致引起感情的刺激、神经的昏乱，而平心静气，用研究的眼光，分析这事的原委、因果和真相，知这事有它的远因、近因，才会产生这不得不然的结果，我们对丁这切己重大的事，就会同科学家对于一个自然对象一样，只有支配处置的手续，没有烦闷喜怒的感情了。

譬如现在的青年，对于社会上窳败的制度，政治上不良的现象，都用这种研究眼光去考察，不做一时的感情冲动，知道现在社会的黑暗罪恶是千百年来积渐而成，我们对它只当细筹改造的方法，不当抱盲目的悲观，或过激的愿望，那时，青年因政治社会而生的烦闷，一定可以减去不少。因这客观研究事实是不含痛苦的，是排遣烦闷的，而同时于事实上有极大的利益。

所以，研究的眼光和客观的观察，也是青年烦闷解救法的一种。

（三）积极的工作。我们人生的生活，本来就是“工作”。无工作的人生，是极无聊赖的人生，是极烦闷的人生。有许多青年的烦闷，就是为着没有正当适宜的工作而产生的。试看那些资本家的子弟，终日游荡，没有一个一定的工作，虽是生活无虑，总是烦闷得很，无聊得很，终日汲汲地寻找消遣排闷的方法。所以，我以为，正当的积极的“工作”，是青年解救烦闷与痛苦的最好方法。青年最危险的时候，就是完全没有工作的时候。这时候，最容易发生幻想、烦闷、悲观、无聊。

至于工作，有精神的肉体的。这两种中任择一种，就可以解除青年的烦闷。但是，做精神工作的，不可不附带做点肉体的工作，以维持他的健康。

以上是我一时的感想，粗略得很。不过想借此引起诸君对于这黎明运动时代青年最易发生烦闷的问题，稍稍注意，商量个周密的解救办法。

五月的北平

张恨水

能够代表东方建筑美的城市，在世界上，除了北平，恐怕难找第二处了。描写北平的文字，由国文到外国文，由元代到今日，那是太多了，要把这些文字抄写下来，随便也可以出百万言的专书。现在要说北平，那真是一部廿四史，无从说起。若写北平的人物，就以目前而论，由文艺到科学，由最崇高的学者到雕虫小技的绝世能手，这个城圈子里，也俯拾即是，要一一介绍，也是不可能。北平这个城，特别能吸收有学问、有技巧的人才。他们不肯离开，不要名，也不要钱，就是这样穷困着下去。这实在是件怪事。你又叫我写哪一位才让圈子里的人过瘾呢？

静的不好写，动的也不好写，现在是五月（旧的历法是四月），我们还是写点五月的眼前景物吧。北平的五月，那是一年里的

张恨水（1895—1967），原名张心远，安徽安庆潜山市人，小说家，“鸳鸯蝴蝶派”代表作家。著有长篇小说《金粉世家》《啼笑因缘》等。

黄金时代。任何树木，都发生了嫩绿的叶子，处处是绿荫满地。卖芍药花的担子，天天摆在十字街头。洋槐树开着其白如雪的花，在绿叶上一球球地顶着。街，人家院落里，随处可见。柳絮飘着雪花，在冷静的胡同里飞。枣树也开花了；在人家的白粉墙头，送出兰花的香味。北平春季多风，但到五月，风季就过去了（今年春季无风）。市民开始穿起夹衣，在不暖的阳光里走。北平的公园，既多又大。只要你有工夫，花不成其为数目的票价，亦可以在锦天铺地，雕栏玉砌的地方消磨一半天。

照着上面所谈，这范围还是太广，像看《四库全书》一样。虽然只成个提要，也觉得应接不暇。让我来缩小范围，只谈一个中人之家吧。北平的房子，大概都是四合院。这个院子，就可以雄视全国建筑。洋楼带花园，这是最令人羡慕的新式住房。可是在北平人看来，那太不算一回事了。北平所谓大宅门，哪家不是七八上下十个院子？哪个院子里不是花果扶疏？这且不谈，就是中产之家，除了大院一个，总还有一两个小院相配合。这些院子里，除了石榴树、金鱼缸，到了春深，家家由屋里度过寒冬搬出来。而院子里的树木，如丁香、西府海棠、藤萝架、葡萄架、垂柳、洋槐、刺槐、枣树、榆树、山桃、珍珠梅、榆叶梅，也都成人家普通的栽植物，这时，都次第地开过花了。尤其槐树，不分大街小巷，不分何种人家，到处都栽着有。在五月里，你如登景山之巅，对北平城作个鸟瞰，你就看到北平市房全参差在绿海里。这绿海就大部分是槐树造成的。

洋槐传到北平，似乎不出五十年。所以这类树，树木虽也有高到五六丈的，都是树干还不十分粗。刺槐却是北平的土产，树兜可以合抱，而树身高到十丈的，那也很是平常。洋槐是树叶子一绿就开花，正在五月，花是成球地开着，串子不长，远望有些像南方的白绣球。刺槐是七月开花，都是一串串有刺，像藤萝（南方叫紫藤），不过是白色的而已。洋槐香浓，刺槐不大香，所以五月里草绿油油的季节，洋槐开花，最是凑趣。

在一个中等人家，正院子里可能就有一两株槐树，或者是一两株枣树。尤其是城北，枣树逐家都有，这是“早子”的谐音，取一个吉利。在五月里，下过一回雨，槐叶已在院子里着上一片绿荫。白色的洋槐花在绿枝上堆着雪球，太阳照着，非常地好看。枣子花是看不见的，淡绿色，和小叶的颜色同样，而且它又极小，只比芝麻大些，所以随便看不见。可是它那种兰蕙之香，在风停日午的时候，在月明如昼的时候，把满院子都浸润在幽静淡雅的境界。假使这人家有些盆景（必然有），石榴花开着火星样的红点，夹竹桃开着粉红的桃花瓣，在上下皆绿的环境中，这几点红色，娇艳绝伦。北平人又爱随地种草本的花籽，这时大小花秧全都在院子里拔地而出，一寸到几寸长的不等，全表示了欣欣向荣的样子。北平的屋子，对院子的一方面，照例下层是土墙，高二三尺，中层是大玻璃窗，玻璃大得跟百货店的货窗相等，上层才是花格活窗。桌子靠墙，总是在大玻璃窗下。主人翁若是读书伏案写字，一望玻璃窗外的绿色，映人眉宇，那实在是含有诗情画意的。而且这样的点缀，并不花费主人什么钱的。

北平这个地方，实在适宜于绿树的点缀，而绿树能亭亭如盖的，又莫过于槐树。在东西长安街，故宫的黄瓦红墙，配上那一碧千株的槐林，简直就是一幅彩画。在古老的胡同里，四五株高槐，映带着平正的土路，低矮的粉墙。行人很少，在白天就觉得其意幽深，更无论月下了。在宽平的马路上，如南、北池子，如南、北长街，两边槐树整齐划一，连续不断，有三四里之长，远远望去，简直是一条绿街。在古庙门口，红色的墙，半圆的门，几株大槐树在庙外拥立，把低矮的庙整个罩在绿荫下，那情调是肃穆典雅的。在伟大的公署门口，槐树分立在广场两边，好像排列着伟大的仪仗，又加重了几分雄壮之气。太多了，我不能把她一一介绍出来，有人说五月的北平是碧槐的城市，那却是一点没有夸张。

当承平之时，北平人所谓“好年头儿”，在这个日子，也正是故都人士最悠闲舒适的日子。在绿荫满街的当儿，卖芍药花的平头车子整车的花蕾推了过去。卖冷食的担子，在幽静的胡同里叮当作响，敲着冰盏儿，这很表示这里一切的安定与闲静。渤海来的海味，如黄花鱼、对虾，放在冰块上卖，已是别有风趣。

又如乳油杨梅、蜜饯樱桃、藤萝饼、玫瑰糕，吃起来还带些诗意。公园里绿叶如盖，三海中水碧如油，随处都是令人享受的地方。但是这一些，我不能、也不愿往下写。现在，这里是邻近炮火边沿，南方人来说这里是第一线了。北方人吃的面粉，三百多万元一袋；南方人吃的米，卖八万多元一斤。穷人固然是朝不保夕；中产之家虽改吃糙粉度日，也不知道这糙粮允许吃多久。街上的槐树虽然还是碧净如前，但已失去了一切悠闲的点缀。人家院子里，虽是不花钱的庭树，还依然送了绿荫来，这绿荫在人家不是幽丽，乃是凄凄惨惨的象征。谁实为之？孰令致之？我们也就无从问人。《阿房宫赋》前段写得那样富丽，后面接着是一叹：“秦人不自哀！”现在的北平人，倒不是不自哀，其如他们哀亦无益何！

好一座富于东方美的大城市呀，她整个儿在战栗！好一座千年文化的结晶呀，她不断地在枯萎！呼吁于上天，上天无言；呼吁于人类，人类摇头。其奈之何！

天目山中笔记

徐志摩

山中不定是清静。庙宇在参天的大木中间藏着，早晚间有的是风，松有松声，竹有竹韵，鸣的禽，叫的虫子，阁上的大钟，殿上的木鱼，庙身的左边右边都安着接泉水的粗毛竹管，这就是天然的笙箫，时缓时急地参和着天空地上种种的鸣籁。静是不静的；但山中的声响，不论是泥土里的蚯蚓叫或是樵夫们深夜里“唱宝”的异调，自有一种各别处：它来得纯粹，来得清亮，来得透澈，冰水似的沁入你的脾肺；正如你在泉水里洗濯过后觉得清白些，这些山籁，虽则一样是音响，也分明有洗净的功能。

夜间这些清籁摇着你入梦，清早上你也从这些清籁的怀抱中苏醒。

徐志摩（1897—1931），原名章垿（音续），字槱（音有）森，后改名志摩。浙江海宁硖石人。现代诗人、散文家，新月派诗人，新月诗社成员。著名诗作有《再别康桥》《翡冷翠的一夜》等。

山居是福，山上有楼住更是修得来的。我们的楼窗开处是一片蓊葱的林海，林海外更有云海！日的光，月的光，星的光：全是你的。从这三尺方的窗户你接受自然的变幻；从这三尺方的窗户你散放你情感的变幻。自在；满足。

今早梦回时睁眼见满帐的霞光。鸟雀们在赞美；我也加入一份。它们的是清越的歌唱，我的是潜深一度的沉默。

钟楼中飞下一声宏钟，空山在音波的磅礴中震荡。这一声钟激起了我的思潮。不，潮字太夸；说思流罢。耶教人说阿门，印度教人说“欧姆”（O—m），与这钟声的嗡嗡，同是从撮口外摄到阖口内包的一个无限的波动：分明是外扩，却又是内潜；一切在它的周缘，却又在它的中心：同时是皮又是核，是轴亦复是廓。“这伟大奥妙的”（Om）使人感到动，又感到静；从静中见动，又从动中见静。从安住到飞翔，又从飞翔回复安住；从实在境界超入妙空，又从妙空化生实在：“闻佛柔软音，深远甚微妙。”

多奇异的力量！多奥妙的启示！包容一切冲突性的现象，扩大刹那间的视域，这单纯的音响，于我是一种智灵的洗净。花开，花落，天外的流星与田畦间的飞萤，上绾云天的青松，下临绝海的巉岩，男女的爱，珠宝的光，火山的熔液：一婴儿在它的摇篮中安眠。

这山上的钟声是昼夜不间歇的，平均五分钟时一次。打钟的和尚独自在钟头上住着，据说他已经不间歇地打了十一年钟，他的愿心是打到他不能动弹的那天。钟楼上供着菩萨，打钟人在大钟的一边安着他的“座”，他每晚是坐着安神的，一只手挽着钟槌的一头，从长期的习惯，不叫睡眠耽误他的职司。“这和尚，”我自忖，“一定是有道理的！和尚是没道理的多：方才那知客僧想把七窍蒙充六根，怎么算总多了一个鼻孔或是耳孔；那方丈师的谈吐里不少某督军与某省长的点缀；那管半山亭的和尚更是贪嗔的化身，无端摔破了两个无辜的茶碗。但这打钟和尚，他一定不是庸流，不能不去看看！”他的年岁在五十开外，出家有二十几年，这钟楼，不错，是他管的，这钟是他打的（说着他就过去撞了一下），他每晚，也不错，是坐着安神的，但此外，可怜，我的俗眼竟看不出什么异样。他拂拭着神龛，神座，拜垫，换上香烛掇一盂水，洗一把青菜，捻一把米，擦干了手接受香客的布施，又转身去撞一声钟。他脸上看不出修行的清癯，却没有失眠的倦态，倒是满满的不时有笑容的展露；念什么经；不，就念阿弥陀佛，他竟许是不认识字的。“那一带是什么山，叫什么，和尚？”

“这里是天目山。”他说。“我知道，我说的是那一带的，”我手点着问。“我不知道。”他回答。

山上另有一个和尚，他住在更上去昭明太子读书台的旧址，盖着几间屋，供着佛像，也归庙管的，叫作茅棚。但这不比得普陀山上的真茅棚，那看了怕人的，坐着或是偎着修行的和尚没一个不是鹄形鸠面，鬼似的东西。他们不开口的多，你爱布施什么就放在他跟前的篓子或是盘子里，他们怎么也不睁眼，不出声，随你给的是金条或是铁条。人说得更奇了。有的半年没有吃过东西，不曾挪过窝，可还是没有死，就这冥冥地坐着。他们大约离成佛不远了，单看他们的脸色，就比石片泥土不差什么，一样这黑刺刺，死僵僵的。“内中有几个，”香客们说，“已经成了活佛，我们的祖母早三十年来就看见他们这样坐着的！”

但天目山的茅棚以及茅棚里的和尚，却没有那样的浪漫出奇。茅棚是尽够蔽风雨的屋子，修道的也是活鲜鲜的人，虽则他并不因此减却他给我们的趣味。他是一个高身材、黑面目，行动迟缓的中年人；他出家将近十年，三年前坐过禅关，现在这山上茅棚里来修行；他在俗家时是个商人，家中有父母兄弟姊妹，也许还有自身的妻子；他不曾明说他中年出家的缘由。他只说“俗业太重了，还是出家从佛的好”，但从他沉着的语音与持重的神态中可以觉出他不仅是曾经在人事上受过磨折，并且是在思想上能分清黑白的人。他的口，他的眼，都泄漏着他内里强自抑制，魔与佛交斗的痕迹；说他是放过火杀过人的忏悔者，可信；说他是个回头的浪子，也可言。他不比那钟楼上人的不着颜色，不露曲折：他分明是色的世界里逃来的一个囚犯。三年的禅关，三年的草棚，还不曾压倒，不曾灭净，他肉身的烈火。“俗业太重了，不如出家从佛的好”；这话里岂不颤栗着一往忏悔的深心？我觉着好奇；

我怎么能得知他深夜趺坐时意念的究竟?

“佛于大众中，说我尝作佛，闻如是法音，疑悔悉已除。初闻佛所说，心中大惊疑，将非魔作佛，恼乱我心耶。”

但这也许看太奥了。我们承受西洋人生观洗礼的，容易把做人看太积极，入世的要求太猛烈，太不肯退让，把住这热乎乎的一个身子一个心放进生活的轧床去，不叫他留存半点汁水回去；非到山穷水尽的时候，决不肯认输，退后，收下旗帜；并且即使承认了绝望的表示，他往往直接向生存的本体取决，不来半不阑珊的收回了步子向后退：宁可自杀，干脆的生命的断绝，不来出家，那是生命的否认。不错，西洋人也有出家做和尚做尼姑的，例如亚佩腊与爱洛绮丝，但在他们是情感方面的转变，原来对人的爱移作对上帝的爱，这知感的自体与它的活动依旧不含糊地在着；在东方人，这出家是求情感的消灭，皈依佛法或道法，目的在自我一切痕迹的解脱。再说，这出家或出世的观念的老家，是印度不是中国，是跟着佛教来的；印度可以发生这类思想，学者们自有种种哲理上乃至物理上的解释，也尽有趣味的。中国何以能容留这类思想，并且在实际上出家做尼僧的今天不比以前少（我新近一个朋友差一点做了小和尚！），这问题正值得研究，因为这分明不仅仅是个知识乃至意识的浅深问题，也许这情形尽有极有趣味的解释的可能，我见闻浅，不知道我们的学者怎样想法，我愿意领教。

初冬过三峡

萧乾

一

听说船早晨十点从奉节入峡，九点多钟我揣了一份干粮爬上一道金属小梯，站到船顶层的甲板上了。从那时候起，我就跟天、水以及两岸的巉岩峭壁打成一片，一直伫立到天色昏暗，只听得见成群的水鸭子在江面上啾啾私语，却看不见它们的时候，才回到舱里。在初冬的江风里吹了将近九个钟头，脸和手背都觉得有些麻木臃肿了，然而那是怎样难忘的九个钟头啊！我一直都像是在变幻无穷的梦境里，又像是在听一阕奔放浩荡的交响乐章：忽而妩媚，忽而雄壮；忽而阴森逼人，忽而灿烂夺目。

整个大江有如一环环接起来的银链，每一环四壁都是蔽天翳日的峰峦，中间各自形成一个独特天地，有的椭圆如琵琶，

萧乾（1910—1999），原名萧秉乾、萧炳乾，蒙古族，出生于北京。记者、文学家、翻译家。

有的长如梭。走进一环，回首只见浮云衬着初冬的天空，自由自在地游动，下面众峰峥嵘，各不相让，实在看不出船是怎样硬从群山缝隙里钻过来的。往前看呢，山岚弥漫，重岩叠嶂，有的如笋如柱，直插云霄，有的像彩屏般森严大方地屹立在前，挡住去路。天又晓得船将怎样从这些巨汉的腋下钻出去。

那两百公里的水程用文学作品来形容，正像是一出情节惊险，故事曲折离奇的好戏，这一幕包管你猜不出下一幕的发展，文思如此之绵密，而又如此之突兀，它迫使你非一口气看完不可。

出了三峡，我只有力气说一句话：这真是自然之大手笔。晚餐桌上，我们拿它比过密西西比河，也比过从阿尔卑斯山穿过的一段多瑙河，越比越觉得祖国河山的奇瑰，也越体会到我们的诗词绘画何以那样峻拔奇伟，气势万千。

二

没到三峡以前，只把它想象成岩壁峭绝，不见天日。其实，太阳这个巧妙的照明师不但利用出峡入峡的当儿，不断跟我们玩着捉迷藏，它还会在壁立千仞的幽谷里，忽而从峰与峰之间投进一道金晃晃的光柱，忽而它又躲进云里，透过薄云垂下一匹轻纱。

早年读书时候，对三峡的云彩早就向往了，这次一见，果然是不平凡。过瞿塘峡，山巅积雪跟云絮几乎羼在一起，明明是云彩在移动，恍惚间却觉得是山头在走。过巫峡，云渐成朵，忽聚忽散，似天鹅群舞，在蓝天上织出奇妙的图案。有时候云彩又呈一束束白色的飘带，它似乎在用尽一切轻盈婀娜的姿态来衬托四周叠起的重岭。

初入峡，颇有逛东岳庙时候的森懔之感。四面八方都是些奇而丑的山神，朝自己扑奔而来。两岸斑驳的岩石如巨兽伺伏，又似正在沉眠。山峰有的作蝙蝠展翅状，有的如尖刀倒插，也有的似引颈欲鸣的雄鸡，就好像一位魄力大、手艺高的巨人曾挥动千钧巨斧，东斫西削，硬替大江斩出这道去路。岩身有的作绛紫色，有的灰白杏黄间杂。著名的“三排石”是浅灰带黄，像煞三堵断垣。仙女峰作杏黄色，峰形尖如手指，真是瑰丽动人。

尽管山坳里树上还累累挂着黄澄澄的广柑，峰巅却见了雪。大概只薄薄下了一层，经风一刮，远望好像楞楞可见的肋骨。巫峡某峰，半腰横挂着一道灰云，显得异常英俊。有的山上还有闪亮的瀑布，像银丝带般蜿蜒飘下。也有的虽然只不过是山缝儿里淌下的一道涧流，可是在夕阳的映照下，却也变成了金色的链子。

船刚到夔府峡，望到屹立中流的滟滪滩，就不能不领略到三峡水势的崄巇了。从那以后，江面不断出现这种拦路的礁石。勇敢的人们居然还给这些暗礁起下动听的名字：如“头珠石”“二珠石”。这以外，江心还埋伏着无数险滩，名字也都蛮漂亮。

过去不晓得多少生灵都葬身在那里了。现在尽管江身狭窄如昔，却安全得像个秩序井然的城市。江面每个暗礁上面都浮起红色灯标，船每航到瓶口细颈处，山角必有个水标站，门前挂着各种标记，那大概就相当于陆地上的交通警。水浅地方，必有白色的报航船，对来往船只报告水位。傍晚，还有人驾船把江面一盏盏的红灯点着，那使我忆起老北京的路灯。

每过险滩，从船舷俯瞰，江心总像有万条蛟龙翻滚，漩涡团团，船身震撼。这时候，水面皱纹圆如铜钱，乱如海藻，恐怖如陷阱。为了避免搁浅，穿着救生衣的水手站在船头的两侧，用一根红蓝相间的长篙不停地试着水位。只听到风的呼啸，船头跟激流的冲撞，和水手报水位的喊声。这当儿，驾驶台一定紧张得很了。

船一声接一声地响着汽笛，对面要是有船，也鸣笛示意。船跟船打了招呼，于是，山跟山也对语起来了，声音辽远而深沉，像是发自大地的肺腑。

三

最令人惊心动魄的是激流里的木船。有的是出来打鱼的，有的正把川江的橘麻往下游运。剽悍的船夫就驾着这种弱不禁风的木船，沿着嶙峋的巉岩，在江心跟汹涌的漩涡搏斗。船身给风刮得倾斜了，浪花漫过了船头，但是勇敢的桨手们还在劲风里唱着号子歌。

这当儿，一声汽笛，轮船眼看开过来了。木船赶紧朝江边划。轮船驶过，在江里翻滚的那一万条蛟龙变成十万条了，木船就像狂风中的荷瓣那样横过来倒过去地颠簸动荡。不管怎样，桨手们依旧唱着号子歌，逆流前进。他们征服三峡的方法虽然是古老过时的，然而他们毕竟还是征服者。

三峡的山水叫人惊服，更叫人惊服的是沿峡劳动人民征服自然、谋取生存的勇气和本领。在那耸立的峭壁上，依稀可以辨出千百层细小石级，蜿蜒交错，真是羊肠蟠道三十六回。有时候重岩绝壁上垂下一道长达十几丈的竹梯，远望宛如什么爬虫在巉岩上蠕动。上面，白色的炊烟从一排排茅舍里袅袅上升。用望远镜眺望，还可以看到屋檐下晒的柴火、腊肉或渔具，旁边的土丘大约就是他们的祖茔。峡里还时常看见田垄和牲口。在只有老鹰才飞得到的绝岩上，古代的人们建起了高塔和寺庙。

船到南津关，岸上忽然出现了一片完全不同的景象：山麓下搭起一排新的木屋和白色的帐篷。这时候，一簇年轻小伙子正在篮球架子下面嘶嚷着，抢夺着。多么熟稔的声音啊！我听到了筑路工人铿然的铁锹声，也听到更洪亮的炸石声。赶紧借过望远镜来一望，镜子里出现了一张张充满青春气息的笑脸。多巧啊，电灯这当儿亮了。我看见高耸的钻探机。

原来这是个重大的勘察基地，岸上的人们正是历史奇迹的创造者。他们征服自然的规模更大，办法更高明了。他们正设计在三峡东边把口的地方修建一座世界最大的水电站，一座可以照耀半个中国的水电站。三峡将从蜀道上一道崄巇的关隘，变成幸福的源泉。

山势渐渐由奇伟而平凡了，船终于在苍茫的暮色里，安全出了峡。从此，漩涡消失了，两岸的峭岩消失了，江面温柔广阔，酷似一片湖水。轮船转弯时，衬着暮霭，船身在江面轧出千百道金色的田垄，又像有万条龙睛鱼在船尾并排追踪。

江边的渔船已经看不清楚了，天水交接处，疏疏朗朗只见几根枯苇般的桅杆。天空昏暗得像一面积满尘埃的镜子，一只苍鹰此刻正兀自在那里盘旋。它像是在寻思着什么，又像是对这片山川云物有所依恋。

书桌

林海音

窥探我家的“后窗”，是用不着望远镜的。过路的人只要稍微把头一歪，后窗里的一切，便可以一览无遗。而最先看到的，便是临窗这张触目惊心的书桌！

提起这张书桌，很使我不舒服，因为在我行使主妇职权的范围内，它竟属例外！许久以来，他每天早上挟起黑皮包要上班前，总不会忘记对我下这么一道令：

“我的书桌可不许动！”

这句话说久了真像一句格言，我们随时随地都要以这句“格言”为警惕。

对正在擦桌抹椅的阿彩，我说：“先生的书桌可不许动！”

对正在寻笔找墨的孩子们，我说：“爸爸的书桌可不许动！”

就连刚会单字发音的老四都知道，爬上了书桌前的藤椅，立

林海音（1918—2001），本名林含英，祖籍广东蕉岭，中国台湾当代作家。代表作品有《晓云》《城南旧事》《春风》《孟珠的旅程》等。

刻拍拍自己的小屁股，嘴里发出很干脆的一个字：“打！”跟着便赶快自动地爬下来。

但是看一看他的书桌在继续保持“不许动”之下，变成了怎样的情形！

书桌上的一切，本是代表他的生活的全部，包括物质与精神的。他仰仗它，得以养家糊口；他仰仗它，达到写读之乐。但我真不知道当他要写或读的时候，是要怎样刨开了桌面上的一片荒芜，好给自己展开一块耕耘之地？忘记盖盖的墨水瓶、和老鼠共食的花生米、剔断的牙签、眼药瓶、眼镜盒、手电筒、回纹针、废笔头……散漫地布满在灰尘朦胧的“玻璃垫”上！另外再有便是东一堆书、西一叠报，无数张剪报夹在无数册书本里。字典里是纸片，地图里也是纸片。这一切都亟待整理，但是他说“不许动”！

不许动，使我想起了一个笑话：一个被汽车撞伤的行人呻吟路中，大家主张赶快送医院救治，但是他的家属却说：“不许动！我们要保持现场等着警察来。”不错，我们每天便是以“保持现场等着警察来”的心情看着这张书桌，任其脏乱！

窗明几净表示这家有一个勤快的主妇，何况我尚有“好妻子”的衔称，想到这儿，我简直有点儿冒火儿，他使我的美誉蒙受污辱，我决定要彻底地清理一下这书桌，我不能再等着警察了。

要想把这张混乱的书桌清理出来，并不简单，我一面勘察现场，一面运用我的智慧。怎样使它达到清洁、整齐、美观、实用的地步呢？因为除了清洁以外，势必还得把桌面上的东西分门别类地整理一下，使物各就其位，然后才能有随手取用的便利，这一点是要着重的。

我首先把牙签盒送到餐桌上，眼药瓶送回医药箱，眼镜盒应当摆进抽屉里，手电筒是压在枕头底下的，这是第一步。第二步就轮到那些书报了，应当怎样使它们各就其位呢？我又想起一个故事：据说好莱坞有一位附庸风雅的明星，她买了许多名贵的书籍，排列在书架上，竟是以书皮的颜色分类的，多事的记者便把这件事传出去了。但是我想我还不至于浅薄如此，就凭我在图书馆的那几年编目的经验，对于杜威的十进分类法倒还有两手儿。可是就这张书桌上的文化，也值得我小题大做地把杜威抬出来么？

待我思索了一会儿以后，决定把这书桌上的文化分成三大类。我先把夹在书本里的剪报全部抖搂出来，剪报就是剪报，把它们合成一叠放进一个纸夹里，要参考什么资料，打开纸夹随手取用，便利极了。字典和地图里的纸片是该送进字纸篓的，我又把书本分中西、高矮排列起来，整齐多了。至于报纸，留下最近两天的，剩下都跟酱油瓶子一块儿卖出去了，叫卖新闻纸酒瓶的老头儿来得也正是时候。

这样一来，书桌上立刻面目一新，玻璃垫经过一番抹擦，光可鉴人，这时连后窗都显得亮些，玻璃垫下压着的全家福也重见天日，照片上的男主人似对我微笑，感谢贤妻这一早的辛劳。

他如时而归。仍是老规矩，推车，取下黑皮包，脱鞋，进屋，奔向书桌。

我以轻松愉快的心情等待着。

有一会儿了，屋里没有声音。这对我并不稀奇，我了解做了丈夫的男人，一点残余的男性优越感尚在作祟，男人一旦结婚，立刻对妻子收敛起赞扬的口气，一切都透着应该的神气，但内心总还是……想到这儿，我的嘴角不觉微微一掀，笑了，我像原谅一个小孩子一样地原谅他了。

但是这时一张铁青的瘦脸孔，忽然来到我的面前：

“报呢？”

“报？啊，最近两天的都在书桌左上方，旧的刚卖了，今天的价钱还不错，一块四一斤，还是台斤。”

“我是说——剪报呢？”口气有点儿不对。

“剪报，喏，”我把纸夹递给他，“这比你散夹在书报里方便多了。”

“但是，我现在怎么有时间在这一大叠里找出我所要用的？”

“我可以先替你找呀！要关于哪类的？亚盟停开的消息？亚洲排球赛输给人家的消息？还是关于西德独立？或者越南

的？”我正计划着有时间把剪报全部贴起来分类保存，资料室的工作我也干过。

但是他气哼哼地把书一本本地抽出来，这本翻翻，那本翻翻，一面对我沉着脸说：“我不是说过我的书桌不许动吗？我这个人做事最有条理，什么东西放在什么地方，都是有一定规矩的，现在，全乱了！”

世间有些事情很难说出它们的正或反，有人认为臭豆腐的实际味道香美无比，有人却说玉兰花闻久了有厕所味儿！正像关于书桌怎样才算整齐这件事，我和他便有臭豆腐和玉兰花的两种不同看法。

虽然如此，我并没有停止给他收拾书桌的工作，事实将是最好的证明，我认为。

但是在两天后他却给我提出新的证明来，这一天他狂笑地捧着一本书，送到我面前：“看看这一段，原来别人也跟我有同感，事实是最好的证明！哈哈哈！”他的笑声要冲破天花板。

有一篇题名为《人人愿意自己是别人》的文章里，他拿红笔勾出了其中的一段：

“……一个认真的女仆，决不甘心只做别人吩咐于她的工作。她有一份过剩的精力，她想成为一个家务上的改革者。于是她跑到主人的书桌前，给它来一次彻底的革新，她按照自己的主意把纸片收拾干净。当这位倒霉的主人回家时，发现他的亲切的杂乱已被改为荒谬的条理了……”

有人以为——这下子你完全失败了，放弃对他的书桌彻底改革的那种决心吧！但人们的这种揣测并不可靠。要知道，我们的结合绝非偶然，是经过三年的彼此认识，才决定“交换饰物”的！我终于在箱底找出了“事实的更好的证明”——在一束陈旧的信札中，我打开最后的一封，这是一个男人在结束他的单身生活的前夕，给他的“女朋友”的最后一封信，我也把其中的一段用红笔重重地勾出来：

“……从明天起，你就是这家的主宰，你有权改革这家中的一切而使它产生一番新气象。我的一向紊乱的书桌，也将由你的勤勉的双手整理得井井有条，使我读于斯、写于斯，时时都会因有你这样一位妻子而感觉到幸福与骄傲……”

我把它压在全家福的旁边。

结果呢？——性急的读者总喜欢打听结果，他们急于想知道现在书桌的情况，是“亲切的杂乱”呢还是“荒谬的条理”？关于这张书桌，我不打算再加以说明了，但我不妨说的是，当他看到自己早年的爱情的诺言后，是用罕有的、温和的口气在我耳旁悄声地说：“算你赢，还不行吗？”

数名诗

吴承恩

十里长亭无客走，九重天上现星辰。
八河船只皆收港，七千州县尽关门。
六宫五府回官宰，四海三江罢钓纶。
两座楼头钟鼓响，一轮明月满乾坤。

吴承恩（约1500—约1582），字汝忠，号射阳居士，又称射阳山人，山阳县（今江苏淮安）人，明代文学家，《西游记》作者。

葡萄月令

汪曾祺

一月，下大雪。

雪静静地下着。果园一片白。听不到一点声音。

葡萄睡在铺着白雪的窖里。

二月里刮春风。

立春后，要刮四十八天“摆条风”。风摆动树的枝条，树醒了，忙忙地把汁液送到全身。树枝软了。树绿了。

雪化了，土地是黑的。

黑色的土地里，长出了茵陈蒿。碧绿。

葡萄出窖。

把葡萄窖一锹一锹挖开。挖下的土，堆在四面。葡萄藤露出来了，乌黑的。有的梢头已经绽开了芽苞，吐出指甲大的苍白

汪曾祺（1920—1997），江苏高邮人，当代作家、散文家、戏剧家，京派作家的代表人物，师从于沈从文。代表作品有《受戒》《大淖记事》《晚翠文谈》等。

的小叶。它已经等不及了。

把葡萄藤拉出来，放在松松的湿土上。

不大一会儿，小叶就变了颜色，叶边发红；——又不大一会儿，绿了。

三月，葡萄上架。

先得备料。把立柱、横梁、小棍，槐木的、柳木的、杨木的、桦木的，按照树棵大小，分别堆放在旁边。立柱有汤碗口粗的、饭碗口粗的、茶杯口粗的。一棵大葡萄得用八根，十根，乃至十二根立柱。中等的，六根、四根。

先刨坑，竖柱。然后搭横梁，用粗铁丝摽紧后搭小棍，用细铁丝缚住。

然后，请葡萄上架。把在土里趴了一冬的老藤扛起来，得费一点劲。大的，得四五个人一起来。“起！——起！”哎，它起来了，把它放在葡萄架上，把枝条向三面伸开，像五个指头一样地伸开，扇面似的伸开。然后，用麻筋在小棍上固定住。葡萄藤舒舒展展，凉凉快快地在上面待着。

上了架，就施肥。在葡萄根的后面，距主干一尺，挖一道半月形的沟，把大粪倒在里面。葡萄上大粪，不用稀释，就这样把原汁大粪倒下去。大棵的，得三四桶。小葡萄，一桶也就够了。

四月，浇水。

挖窖挖出的土，堆在四面，筑成垄，就成一个池子。池里放满了水。葡萄园里水气泱泱，沁人心肺。

葡萄喝起水来是惊人的。它真是在喝哎！葡萄藤的组织跟别的果树不一样，它里面是一根一根细小的导管。这一点，中国的古人早就发现了。《图经》云：“根苗中空相通。圃人将货之，欲得厚利，暮溉其根，而晨朝水浸子中矣，故俗呼其苗为木通。”“暮溉其根，而晨朝水浸子中矣”，是不对的，葡萄成熟了，就不能再浇水了。再浇，果粒就会涨破。“中空相通”却是很准确的。浇了水，不大一会，它就从根直吸到梢，简直是小孩嘬奶似的拼命往上嘬。浇过了水，你再回来看看吧：梢头切断过的破口，就嗒嗒地往下滴水了。

是一种什么力量使葡萄拼命地往上吸水呢?

施了肥，浇了水，葡萄就使劲抽条、长叶子。真快！原来是几根根枯藤，几天工夫，就变成青枝绿叶的一大片。

五月，浇水，喷药，打梢，掐须。

葡萄一年不知道要喝多少水，别的果树都不这样。别的果树都是刨一个“树碗”，往里浇几担水就得了，没有像它这样的：“漫灌”，整池子地喝。

喷波尔多液。从抽条长叶，一直到坐果成熟，不知道要喷多少次。喷了波尔多液，太阳一晒，葡萄叶子就都变成蓝的了。

葡萄抽条，丝毫不知节制，它简直是瞎长！几天工夫，就抽出好长的一截的新条。这样长法还行呀，还结不结果呀？因此，过几天就得给它打一次条。葡萄打条，也用不着什么技巧，是个人就能干，拿起树剪，劈劈啪啪，把新抽出来的一截都给它铰了就得了。一铰，一地的长着新叶的条。

葡萄的卷须，在它还是野生的时候是有用的，好攀附在别的什么树木上。现在，已经有人给它好好地固定在架上了，就一点用也没有了。卷须这东西最耗养分，——凡是作物，都是优先把养分输送到顶端，因此，长出来就给它掐了，长出来就给它掐了。

葡萄的卷须有一点淡淡的甜味。这东西如果腌成咸菜，大概不难吃。

五月中下旬，果树开花了。果园，美极了。梨树开花了，苹果树开花了，葡萄也开花了。

都说梨花像雪，其实苹果花才像雪。雪是厚重的，不是透明的。梨花像什么呢？——梨花的瓣子是月亮做的。

有人说葡萄不开花，哪能呢，只是葡萄花很小，颜色淡黄微绿，不钻进葡萄架是看不出的，而且它开花期很短。很快，就结出了绿豆大的葡萄粒。

六月，浇水、喷药、打条、掐须。

葡萄粒长了一点了，一颗一颗，像绿玻璃料做的纽子。硬的。

葡萄不招虫。葡萄会生病，所以要经常喷波尔多液。但是它不像桃，桃有桃食心虫；梨，梨有梨食心虫。葡萄不用疏虫果。——果园每年疏虫果是要费很多工的。虫果没有用，黑黑的一个半干的球，可是它耗养分呀！所以，要把它“疏”掉。

七月，葡萄“膨大”了。

掐须、打条、喷药，大大地浇一次水。

追一次肥。追硫铵。在原来施粪肥的沟里撒上硫铵。然后，就把沟填平了，把硫铵封在里面。

汉朝是不会追这次肥的，汉朝没有硫铵。

八月，葡萄“着色”。

别以为我这里是把画家的术语借用来了。不是的。这是果农的语言，他们就叫“着色”。

下过大雨，你来看看葡萄园吧，那叫好看！白的像白玛瑙，红的像红宝石，紫的像紫水晶，黑的像黑玉。一串一串，饱满、磁棒、挺括，璀璨琳琅。你就把《说文解字》里的玉字偏旁的字都搬了来吧，那也不够用呀！

可是你得快来！明天，对不起，你全看不到了。我们要喷波尔多液了。一喷波尔多液，它们的晶莹鲜艳全都没有了，它们蒙上一层蓝兮兮、白糊糊的东西，成了磨砂玻璃。我们不得不这样干。葡萄是吃的，不是看的。我们得保护它。

过不两天，就下葡萄了。

一串一串剪下来，把病果、瘪果去掉，妥妥地放在果筐里。果筐满了，盖上盖，要一个棒小伙子跳上去蹦两下，用麻筋缝的筐盖。——新下的果子，不怕压，它很结实，压不坏。倒怕是装不紧，逛里逛当的。那，来回一晃悠，全得烂！

葡萄装上车，走了。

去吧，葡萄，让人们吃去吧！

九月的果园像一个生过孩子的少妇，宁静、幸福，而慵懒。

我们还给葡萄喷一次波尔多液。哦，下了果子，就不管了？人，总不能这样无情无义吧。

十月，我们有别的农活。我们要去割稻子。葡萄，你愿意怎么长，就怎么长着吧。

十一月。葡萄下架。

把葡萄架拆下来。检查一下，还能再用的，搁在一边。糟朽了的，只好烧火。立柱、横梁、小棍，分别堆垛起来。

剪葡萄条。干脆得很，除了老条，一概剪光。葡萄又成了一个秃子。

剪下的葡萄条，挑有三个芽眼的，剪成二尺多长的一截，捆起来，放在屋里，准备明春插条。

其余的，连枝带叶，都用竹笤帚扫成一堆，装走了。

葡萄园光秃秃。

十一月下旬，十二月上旬，葡萄入窖。

这是个重活。把老本放倒，挖土把它埋起来。要埋得很厚实。外面要用铁锹拍平。这个活不能马虎。都要经过验收，才给记工。

葡萄窖，一个一个长方形的土墩墩。一行一行，整整齐齐地排列着。风一吹，土色发了白。

这真是一年的冬景了。热热闹闹的果园，现在什么颜色都没有了。眼界空阔，一览无余，只剩下发白的黄土。

下雪了。我们踏着碎玻璃碴似的雪，检查葡萄窖，扛着铁锹。

一到冬天，要检查几次。不是怕别的，怕老鼠打了洞。葡萄窖里很暖和，老鼠爱往这里面钻。它倒是暖和了，咱们的葡萄可就受了冷啦！

一个消逝了的山村

冯至

在人口稀少的地带，我们走入任何一座森林，或是一片草原，总觉得它们在洪荒时代大半就是这样。人类的历史演变了几千年，它们却在人类以外，不起一些变化，千百年如一日，默默地对着永恒。其中可能发生的事迹，不外乎空中的风雨，草里的虫蛇，林中出没的走兽和树间的鸣鸟。我们刚到这里来时，对于这座山林，也是那样感想，绝不会问到：这里也曾有过人烟吗？但是一条窄窄的石路的残迹泄露了一些秘密。

我们走入山谷，沿着小溪，走两三里到了水源，转上山坡，便是我们居住的地方。我们住的房屋，建筑起来不过二三十年，我们走的路，是二三十年来经营山林的人们一步步踏出来的。处处表露出新开辟的样子，眼前的浓绿浅绿，没有一点历史的重担。

冯至（1905—1993），直隶涿州（今属河北）人，原名冯承植，字君培。诗人、翻译家。著有诗集《昨日之歌》《北游及其他》《十四行集》等。

但是我们从城内向这里来的中途，忽然觉得踏上了一条旧路。那条路是用石块砌成，从距谷口还有四五里远的一个村庄里伸出，向山谷这边引来，先是断断续续，随后就隐隐约约地消失了。它无人修理，无日不在继续着埋没下去。我在那条路上走时，好像是走着两条道路，一条路引我走近山居，另一条路是引我走到过去。因为我想，这条石路一定有一个时期宛宛转转地一直伸入谷口，在谷内溪水的两旁，现在只有树木的地带，曾经有过房屋，只有草的山坡上，曾经有过田园。

过了许久，我才知道，这里实际上有过村落。在七十年前，云南省的大部分，经过一场浩劫，有多少村庄城镇在这时衰落了。当时短短的二十年内，仅就昆明一个地方说，人口就从一百四十余万降落到二十五万。这里原有的山村，是回民的，可是汉人的，是一次便毁灭了呢，还是渐渐地凋零下去，我们都无从知道，只知它们是在回人几度围攻省城时成了牺牲。现在就是一间房屋的地基都寻不到了，只剩下树林、草原、溪水，除却我们的住房外，周围四五里内没有人家，但是每座山，每个幽隐的地方还都留有一个名称。这些名称现在只生存在从四邻村里走来的，砍柴、背松毛、放牛牧羊的人们的口里。此外它们却没有什么意义；若有，就是使我们想到有些地方曾经和人发生过关系，都隐藏着一小段兴衰的历史吧。

我不能研究这个山村的历史，也不愿用想象来装饰它。它像是一个民族在世界里消亡了，随着它一起消亡的是它所孕育的传说和故事。我们没有方法去追寻它们，只有在草木之间感到一些它们的余韵。

最可爱的是那条小溪的水源，从我们对面山的山脚下涌出的泉水；它不分昼夜地在那儿流，几棵树环绕着它，形成一个阴凉的所在。我们感谢它，若是没有它，我们就不能在这里居住，那山村也不会曾经在这里滋长。这清冽的泉水，养育我们，同时也养育过往日那村里的人们。人和人，只要是共同吃过一棵树上的果实，共同饮过一条河里的水，或是共同担受过一个地方的风雨，不管是时间或空间把它们隔离得有多么远，彼此都会感到几分亲切，彼此的生命都有些声息相通的地方。我深深理解了古人一首情诗里的句子：“日日思君不见君，共饮长江水。”

其次就是鼠曲草。这种在欧洲非登上阿尔卑斯山的高处不容易采撷得到的名贵的小草，在这里每逢暮春和初秋却一年两季地开遍了山坡。我爱它那从叶子演变成的，有白色茸毛的花朵，谦虚地掺杂在乱草的中间。但是在这谦虚里没有卑躬，只有纯洁；没有矜持，只有坚强。有谁要认识这小草的意义吗？我愿意指给他看：在夕阳里一座山丘的顶上，坐着一个村女，她聚精会神地在那里缝什么，一任她的羊在远远近近的山坡上吃草，四面是山，四面是树，她从不抬起头来张望一下，陪伴着她的是一丛一丛的鼠曲从杂草中露出头来。这时我正从城里来，我看见这幅图像，觉得我随身带来的纷扰都变成深秋的黄叶，自然而然地凋落了。这使我知道，一个小生命是怎样鄙弃了一切浮夸，孑然一身担当着一个大宇宙。那消逝了的村庄必定也曾经像是这个少女，抱着自己的朴质，春秋佳日，被这些白色的小草围绕着，在山腰里一言不语地负担着一切。后来一个横来的运命使它骤然死去，不留下一些夸耀后人的事迹。

雨季是山上最热闹的时代，天天早晨我们都醒在一片山歌里。那是些从五六里外趁早上山来采菌子的人。下了一夜的雨，第二天太阳出来一蒸发，草间的菌子，俯拾皆是：有的红如胭脂，青如青苔，褐如牛肝，白如蛋白，还有一种赭色的，放在水里立即变成靛蓝的颜色。我们望着对面的山上，人人踏着潮湿，在草丛里，树根处，低头寻找新鲜的菌子。这是一种热闹，人们在其中并不忘却自己，各人盯着各人眼前的世界。这景象，在七十年前也不会两样。这些彩菌，不知点缀过多少民族童话，它们一定也滋养过那山村里的人们的身体和儿童的幻想吧。

这中间，高高耸立起来那植物界里最高的树木，有加利树。有时在月夜里，月光把被微风摇摆的叶子镀成银色，我们望着它每瞬间都在生长，仿佛把我们的身体，我们的周围，甚至全山都带着生长起来。望久了，自己的灵魂有些担当不起，感到悚然，好像对着一个崇高的严峻的圣者，你若不随着他走，就得和他离开，中间不容有妥协。但是，这种树本来是异乡的，移植到这里来并不久，那个山村恐怕不会梦想到它，正如一个人不会想到他死后的坟旁要栽什么树木。

秋后，树林显出萧疏。刚过黄昏，野狗便四出寻食，有时远远在山沟里，有时近到墙外，作出种种求群求食的嗥叫的声音。更加上夜夜常起的狂风，好像要把一切都给刮走。这时有如身在荒原，所有精神方面所体验的，物质方面所获得的，都失却了功用。使人想到海上的飓风，寒带的雪潮，自己一点也不能作主。风声稍息，是野狗的嗥声，野狗声音刚过去，松林里又起了涛浪。这风夜中的嗥声对于当时的那个村落，一定也是一种威胁，尤其是对于无眠的老人，夜半惊醒的儿童和抚慰病儿的寡妇。

在比较平静的夜里，野狗的野性似乎也被夜的温柔驯服了不少。代替野狗的是麂子的嘶声。这温良而机警的兽，自然要时时躲避野狗，但是逃不开人的诡计。月色朦胧的夜半，有一二猎夫，会效仿麂子的嘶声，往往登高一呼，麂子便成群地走来。……据说，前些年，在人迹罕到的树丛里还往往有一只鹿出现。不知是这里曾经有过一个繁盛的鹿群，最后只剩下了一只，还是根本是从外边偶然走来而迷失在这里不能回去呢？反正这是近乎传说了。这美丽的兽，如果我们在庄严的松林里散步，它不期然地在我们对面出现，我们真会像是 Saint Eustache[1] 一般，在

---

1 圣尤斯塔斯，公元 2 世纪罗马基督教圣徒，殉教者。据传其任罗马将军时，狩猎遇鹿，鹿角间插有耶稣在十字架上的受难像，遂改奉基督教。

它的两角之间看见了幻境。

两三年来，这一切，给我的生命许多滋养。但我相信它们也曾以同样的坦白和恩惠对待那消逝了的村庄。这些风物，好像至今还在述说它的运命。在风雨如晦的时刻，我踏着那村里的人们也踏过的土地，觉得彼此相隔虽然将及一世纪，但在生命的深处，却和他们有着意味不尽的关连。

补鞋能补出的幸福

李娟

我妈进城看到市场里补鞋子的生意怪好，也想干。可别人说干这行得先当徒弟，至少得跟师一年。她一天也不愿意跟，说："那还用学吗？看一看就会了呗！"于是跑到乌鲁木齐把补鞋的全套工具搬回了家，往那儿一放一整个冬天，没法启动——她嫌人家鞋子臭。

还是我叔叔厉害，他不怕臭。而且他才是真正的无师自通，在把我们全家人的每一双鞋子都钉上鞋掌后，就自认实践到位、功夫到家了，张罗张罗领了执照开了张。可怜的喀吾图老乡们不明真相，看他头发那么白，以为是老师傅，信任得不得了，纷纷把鞋子送来供他练习。看他煞有介事、叮叮当当地又敲又砸，一点儿都不敢怀疑。于是这么着混了一个多月，零花钱赚了几

李娟，祖籍四川乐至县，1979 年出生于新疆奎屯，长居新疆阿泰勒地区。当代作家。出版有散文集《九篇雪》《阿勒泰的角落》《我的阿勒泰》《走夜路请放声歌唱》，以及《冬牧场》、"羊道系列"等。

个不说，对补鞋，还真摸索出了那么一套经验来。于是我妈又踌躇满志准备再去一趟乌鲁木齐，再买一批皮渣、鞋跟、鞋底、鞋掌、麻线、拉链……回来，要像模像样大干一场。她想让我去提这批货，我才不干呢！一个女孩，背上扛个破麻袋，左手拎一串鞋底子，脖子上还挂几卷麻线，走在乌鲁木齐的大街上，未免有些……反正我一开始就反对补鞋子，嫌丢人。

而我叔叔，最丢人的事莫过于别人把补好的鞋子又拿回来返修。好在村子小，人情浓，就算干得不令人满意，大家也不好意思说，照样付了钱谢了又谢，悄悄拿回家自己想法子修改。哪怕是连我叔叔自己都看不过去的某些作品，也能被面不改色地穿走。

至于第二丢人的，则是手脚太慢——这个也不知被我妈唠叨过多少遍了，可就是没法提速。要知道我和我妈都是急性子，眼瞅着他老人家左手捏着鞋子，右手持着锥子，抖啊抖啊抖啊，瞄半天终于瞄准了，修表似的将锥子一点一点小心翼翼扎进皮子，在皮子另一面摸索半天才准确地套上底线。然后再修表似的颤着手指从皮面上钩过线来，拉拉紧，拽了又拽，精细地把线圈扩大到合适的半径，再颤悠悠地把锥尖瞄准线圈，抖啊抖啊抖啊地伸进去……这边把面线抖啊抖啊抖啊地套上，再抖啊抖啊抖啊拉进底线线圈……一不小心手一歪，线滑了出来，只好重新抖啊抖啊瞄准线圈……我们俩在旁边看得、急得简直没办法！我妈实在看不下去了，索性抢过鞋子，三下五除二就系上了一针，干净利索地做了个示范，然后又快快地扔了鞋子跑去洗手。老实说，她要是干这一行保准是个人才。

推开我家商店门一看，满房子都是拎着破鞋子的人，一个挨一个靠在柜台上等着补。聊天的聊天，打牌的打牌，碰杯的碰杯，奶孩子的奶孩子。补的人不慌不忙，等的人也是如此。

不急的话，大家都不急。但要急呀，赶巧都急到一块儿去了——这个急着要上班，光着一只脚跳着蹦着不停地看表；那个急着赶车，一会儿出去探头看一眼，冲着司机高喊："再等十分钟！"还有几个牧民老乡急着要六点之前进山回家，还有三个多小时的骑马路程，怕天黑了看不到路……情况混乱。这个嚷，那个喊，纷纷把自己的臭鞋子往叔叔鼻子前面凑。

我叔叔手上正补着的那一双鞋，鞋帮子和鞋面子只差一厘米就完全分家了（也亏了那人，能把鞋穿成这样还真是不容易），正在比来比去研究，思量着从何处下手呢。旁边一位直嚷嚷："师傅，先给我缝两针吧？喏，就这个地方。喏，已经给你对好了——两针，就两针！"

我叔叔便拿眼镜往那边瞟了一下。

这边这位立刻急了："先来的先补，排队排队！"

那边大喊："两针！我就只缝两针而已，而你至少还有一百针！"

"只缝一针也要排队！"

"不行，等不了啦！"——接着，他突然做出一件惊人之举，把我叔叔手上那只"需要缝一百针"的鞋子一把抢走，挥手"啪"地扔出门去，迅速换上自己的："只一点点，看，两针就好……"

我跑出门一看，那双可怜的鞋啊，原本至少还连着一厘米，这下鞋底子和鞋面子彻底分家了。

鞋主人当然不愿意，拾回来又奋力扎入人堆："排队排队！先来的先补，先来的先补！"差点拿鞋去敲我叔叔的脑袋。

有一个人更缺德。为了加个塞儿，悄悄把一双本该排在自己前面的鞋子偷走藏了起来。害得那个倒霉蛋到处叫苦连天地找鞋子，还趴在地上，往柜台底下使劲瞅。

一个女人的嗓子无比锋利尖锐，划得人耳膜疼："师傅啊，我就只敲几个钉子嘛！就只敲几下，先给我弄吧！"

我叔听得心软，正打算放下手中塔木尔罕的破鞋伸出手去，谁知塔木尔罕用更快的速度把那个女人的鞋子抢过来："不就几个钉子嘛！我来给她敲，师傅你别停……"然后打开工具箱，找出榔头，往那儿一蹲，像模像样"吧吧吧"地抡起榔头钉了起来。

另一边另一个毛头小伙一看，大受启发，立刻无师自通地摇起了我叔叔闲在一边的补鞋子机器，蛮专业地在自个儿鞋上打起补丁来，针脚还挺整齐。看样子补鞋匠人人都能当，这个生意往后可是不太好做了。

看吧，房子里那是一片混乱。有人笑，有人叫，还有小孩撕心裂肺地哭。急着上班的那一位干脆把鞋扔在我们这儿不穿了，趿拉着我们家给顾客提供的拖鞋匆匆走了。而另一位也趿着我家拖鞋的人则又把拖鞋给穿坏了，嚷嚷着再给补一下拖鞋。正补着的那双鞋子的主人更是如临大敌，一刻不敢松懈地保护着我叔，唯恐在即将大功告成的关键时刻又沦遭刚才那双——眼看只差半分钟就补好了，结果又硬挨半个小时才拿到手的——鞋子的命运。

更多的人在见缝插针，我叔叔刚放下锥子去拿剪刀的那会儿工夫，啪地把鞋子递过要你“抽空”钉个钉子。等他再放下剪刀去拿锥子时，又被要求再给钉一个钉子。于是我叔叔就晕头转向地给这个钉一下，再给那个敲一敲。弄来弄去连自己原先修着的那一双该修哪儿了都给忘记了，最后干脆是放到哪儿了都不知道了。（大概又被哪个好心人给藏起来了。）鞋主人简直快吐血了，一边求爷爷告奶奶满房子翻找，一边跑出去看车，再大喊一声：“再等一等，最后十分钟！”

还有一位喋喋不休地同我叔理论，愤愤不平：“……刚才我给的钱是那双左边有洞，右边开线的，不是努尔曼钉掌子的那双。努尔曼把鞋子拿走了没给钱，你拿了我的钱，我的鞋子还是左边有洞，右边开线……”

旁边那位极不满意：“你别说话了，吵得人头疼——正在补我的，我马上要走呢！天要黑了……”

更多的人则铆足劲齐声大喊：“快点，快点，快点……”

还有一个狡猾的母亲则趁乱打劫，装作奈何不了自己淘气的孩子似的，故意半阻半纵地让孩子进入柜台去取饼干。我眼光一瞟看见了，连忙松开手——之前正拽着一个要把鞋子往我叔头上敲的家伙——冲进柜台抱孩子。刚抱出孩子，顺便看到那只被扔进柜台、撂在饼干架子上的、被找得叫苦连天的破鞋……

我妈常说，这生意还是别做了，钱没赚几个，又臭又脏，又吵又闹，何苦来着？我叔说，那么机器怎么办？买都买回来了，放在那儿干啥？我妈说：“给娟儿留着呗！有朝一日……”

其实我真的很乐意接受和保留这么一件礼物，将来有自己的家了，一定会把它显眼地放在我的房子正中央。让我时时想起曾经的生活——那时我们有那么多的梦想。我们整天在一起没完没了地憧憬着，描述着。外婆想回家乡，想吃对面街上的回肠粉。叔叔也想回老家，过熟悉而踏实的日子。我想有漂亮的衣服，想去遥远的地方看看。我妈心更野，想骑自行车周游全国，想在城市里买房子，想把房子像画报上那样装修，想老了以后养花养狗逛街，还想住每年都能去海滨疗养一次的那种敬老院……好半天才畅想完毕，满意地舒口气，扭过脸对正为补鞋子忙得鼻子眼睛都分不清楚的叔叔说：“好好努力吧！为了这个目标……”

补鞋子的确赚不了多大的钱，更何况是我叔叔这样的笨蛋在补。但那毕竟是在做有希望的事呀。我喜欢并依赖这样的生活，有希望的、能够总是发现乐趣的生活，在我自己的家里的生活——我想我永远不会失去这种希望和乐趣了。我妈说了嘛！补鞋子那一套家什谁也不给，就给娟儿留着。

半年

废名

我的十八元一月的差事被辞退了，这半年就决定住在家。

去年冬天，我曾这样想：同芹一块儿，多么有趣。现在，我的母亲见了病后的我一天一天地黄瘦下去，恼怒叹息人们不谅解她的孤僻而恬静的儿子，自己对于儿子的隔秋结婚，团聚不上十天便分别了的妻的亲密，却又很窘地加以言外的讽刺；结果，在城南鸡鸣寺里打扫小小的一间屋子，我个人读书。

书案的位置于我很合式：窗小而高，墙外是园，光线同湖水一般，绿青青的。阴郁的病态过久了罢，见了白得刺目的太阳，虚弱的心顿时干枯起来，犹之临了同世人应酬，急得想找个窟眼躲藏，倘若在暗淡所在，那便熨贴极了，好像暑天远行，偶然走近一株大树，阵阵凉风吹来。

废名（1901—1967），湖北黄梅人，本名冯文炳，现代作家、学者，中国现代文学史上“京派”代表作家，著有《竹林的故事》《桥》《莫须有先生传》等。

来寺烧香的很多，原因是菩萨太灵。至于和尚，则素来以不修行著称，——在我看，也确有令人生厌的地方。我把门关上，除掉回家吃饭，或到寺前院子里散步，绝少打开。

我读书不怕喧扰，打鼓放炮，我都很习惯。虽然也笑：迷信；然而不能引起平素的憎恶。最欢喜的，是从门缝里窥望各种形色烧香的妇女；不待走进门，已经有一个记号，令我知道来的不是男子汉，——这并不由于声音的不同，在未拜跪以前，是很少言语的，乃是寺门口满盛冷水的缸里传来的喔喔的响，这缸水是专门为着女香客洗手而备办的。

雨后，烧香的没有了，然而院子里接连有许多姑娘的叫喊。我走出去探望：比平素更是嫩绿的草地当中，散聚着几个拣粪的姑娘，头顶近地，好像吃草的牛羊左手捏一个半球形的柳条盒，右手不住地把草理来理去，……“啊，地母菇！十年没有吃过然而想过的地母菇！”

四五月间，草地上经过大雨，长一种比木耳更小的菇子，人家都说是雷公用铁拳打下的，拣回去煮汤。我小时最爱吃这汤，常是伴着身份与我不相称的女孩，在城外野原，从早拣到午。我没有另拿东西盛着，用衣兜住。同去，不消说，鞋是完全湿的，衣上也染了许多斑点，好像装过丸药的盒子。母亲知道我的脾气，也不加责备，煮来做午饭的菜。记得那时外祖母常在我家，还称奖我，省得两块豆腐的费用哩。

现在，我的稚气又发了，加在这几个姑娘的一伙。她们抬起头来看我，我说，大家一齐拣。我们的职业隔得太远罢，她们并不觉什么嫌疑，依然旁若无人地俯下去，拣了满盒，拿着粪铲走了，我也把报纸包一大包，赶早回去。

我的母亲，自从我进寺读书以后，如一切母亲爱儿子以外，百般地将顺我，——几乎可以说是畏怯，见我自己办菜回来了，而且追起了许多过去的欢喜，自然是高兴得了不得。我近来对于母亲确乎也有点愤意，这回却还是小孩似的：

“不要芹煮——母亲煮，再尝那样的味儿。”

哈哈！任凭几个十八元，也买不了这样的味儿！这决不是我的牢骚语；十年来，每当雷雨天气，我是怎样的想呵。

有时细雨接连下个不住。望天，好像是一大块肮脏的灰布；本来低洼的泥地，潮湿得被盐卤了一般。和尚在后房睡觉，阴暗的神龛，恍着比萤火更清淡的灯光，雨风吹来，已经是熄了，却又一亮。倘若在外方有这么个境地，我将感着读了好的诗歌而起的舒服；现在，气愤愤地不待母亲指定的时间跑回。走进我自己的卧室，只有长几上的钟滴答滴答的。我退了鞋，横倒在床，心想：“芹最是装狠，拿钉粥到母亲后房做，现得并不……”天井外渐渐听见脚步声了，我急忙把眼睛一闭。

“回来了！……也不盖……”

衣橱轻轻地开着，线毯慢慢地覆盖我的手同下身，我突然又把眼睛一张：

“弄醒了我！”

我极力消出我的气，用我的聪明所想得到的许多强横；然而终于忍不住，笑了。

我们真是别离了又相逢，相逢了又别离，似乎没有比这更多趣的了，然而我总是不平。做孩子时欢喜吃的食物，母亲还记得，只要是在这季节出世，都拣新鲜的买回，——很少用在白天，多半煮来消夜。时日太长，没吃到的都吃到了，重复的便是鸡蛋。消过夜，有月亮，母亲便走在我前；没有月亮，提着灯笼跟在我侧。路本不远，母亲的话很多，我心里虽然都听见，除了“哼”是没有明晰的回复的。走到寺门，和尚接着母亲问候了一遍；我打开门房，高声地寻着洋火，母亲拿着灯笼的时候，不待我第二声已经进来了。

倘若被风吹伤了，我俨然是加了一番力气，大踏步跑回：“哪里像家里有楼板呢，抬头就看见瓦缝！”母亲窘呵。我喜呵。这晚便可以同芹安睡。可恼的芹，灯燃着了，还故意到母亲那里支吾一会；母亲很好，催促着，“问他要东西不。”

一天下午，和尚因事出去了，托付我暂时照顾，我的门也就例外打开。这时天气，穿得着单衫，风幽幽地从窗吹进来，送我馥郁的气息；我拿本诗集，靠着椅子读。忽然间感着深谷的回声似的，不觉头已偏了，竖着耳朵细听。声音渐渐落实了：

“乖乖儿，不要同你娘斗！”我摔开书去看：院子的这头，站着十二三岁的小孩，头低着，指甲放在嘴里咬；那头是六十岁上下的妇人，缓步走近小孩，见了我，又高声道：“那先生不也是读书吗？人总要读书！”院墙颇高，话声空洞而响亮；我感着秋夜浴月的清澈，摸一摸孩子：

“读书？”

“是呵，娘为他气得哭，——说声上学就跑！”老妇人皱着眉头说。

“不要她管！”

“是呵，信我的话，祖母的话。”

孩子很重地拖着鞋，在老妇人前慢慢走出院了。

我重行拿着书，翻开两页，又摔在一边，望着窗外用水洗了似的深蓝的天空。和尚回来，我也就回去。

这天是端阳节，家里很忙，打发了这个孩子粽子，那个孩子又来要鸭蛋。我吃过早饭，仍然往寺里去。香炉旁，有一个孩子寻炮壳，——仔细看就是前次被祖母调劝的，炮引没有了，药还藏着未炸发，便一颗颗拣起来。小小的手掌再不能容了，又一颗颗折成半断，在地上扩着圆形；点燃一颗，其余的都嘶的一声放起火花。我帮着他拣，他问我：

“你不散馆？”

“啊，你们散馆。我没有先生，不散。——前回你是逃学罢？”

他含羞地微笑，并不回答。

“你为什么不信娘的话呢？”

他一心低头拣炮。而我还是问：

“你的爷呢？”

“爷，爷死了。”

“死了？什么时候？”

“不知道，死了。”

我不再惊扰他的拣炮了。后来由和尚的话，知道他便是寺的右角小小一间房子的男主人。

院子里照常竖着衣架，我以为普通事，近邻借晒场，从没有留心过。一日，偶然瞥见那老妇人在架旁踱来踱去，我便偷伺秘密似的站在院墙后廊，从圆光彩花形的洞隙瞧过去。老妇人收折晒在架上的白布被包，坐下草地，反复展平；随又等候什么，掉头向街。由街走进一个中年妇人，肩膀搭着棉絮，腋下挟的是紫褐色的被面。这妇人很苗条，细小的脚，穿着灰鞋；棉絮铺在地上了，老妇人清检别的零星衣件出去，她一个人屈着身子，手里拿着针线，忽上忽下。太阳渐渐西偏，她的头发渐渐由闪烁转到墨黑；草更显得绿，被更显得白，被面的紫褐映着苍黄的脸，令我远远感到凄凉了。

以前，傍晚我便回家，芹坐在当户的矮凳，便于早一点相觑。我再有别的牵挂了，回家之先要登城，——毕竟是乡镇，沿城可以登览。我的两次晤面的小朋友的屋，后有一块小园，横篱七八步，便是城墙。灌菜割菜，每次看见的，都是小朋友的祖母；母亲呢，当着由园进屋的门口做针黹，回答婆婆，眼睛才略为一眨。

是风暴之后。我穿着夏布短褂，很有几分凉意，当着正煮午饭的时候，回家添衣。我的小朋友的很少打开的前门这时也打开了，小朋友嗡嗡哭着，母亲很窘地一旁站着：

“上街买盐！”

“我不去，你去！”

我不能止步，只得慢一点走；心想，祖母呢？——祖母的声音果从后喊到前了。

距离我家不远的时候，小朋友又笑嘻嘻地走来我的后面，愈是深的水荡，愈是高兴地踏下去。我说：“鞋子湿了，回去母亲要骂！”不知道是被我说失了体面呢，还是当心母亲的骂，他也就走上没有水的地方了。我告诉他：“要一要罢，这是我的家。”我是怎样欣慰而悲哀呵，他答着我：“不，母亲等盐。”

这是过去的一个半年的事。现在我在北京，还时常羡念那半年的我，但也不能忘记我的小朋友，以及小朋友的祖母和母亲。

母亲

邹韬奋

说起我的母亲，我只知道她是“浙江海宁查氏”，至今不知道她有什么名字！这件小事也可表示今昔时代的不同。现在的女子未出嫁的固然很“勇敢”地公开着她的名字，就是出嫁了的，也一样地公开着她的名字。不久以前，出嫁后的女子还大多数要在自己的姓上面加上丈夫的姓；通常人们的姓名只有三个字，嫁后女子的姓名往往有四个字。在我年幼的时候，知道担任商务印书馆出版的《妇女杂志》笔政的朱胡彬夏，在当时算是有革命性的“前进的”女子了，她反抗了家里替她订的旧式婚姻，以致她的顽固的叔父宣言要用手枪打死她，但是她却仍在“胡”字上面加着一个“朱”字！近来的女子就有很多在嫁后仍只用自己的姓名，不加不减。这意义表示女子渐渐地有着她们自己的独立的地位，不是属于任何人所有的了。但是在我的母亲的时

邹韬奋（1895—1944），本名恩润，乳名荫书。祖籍江西，出生于福建永安。近代记者和出版家。

代，不但不能学“朱胡彬夏”的用法，简直根本就好像没有名字！我说“好像”，因为那时的女子也未尝没有名字，但在实际上似乎就用不着。像我的母亲，我听见她的娘家的人们叫她做“十六小姐”，男家大家族里的人们叫她做“十四少奶”，后来我的父亲做官，人们便叫她做“太太”，始终没有用她自己名字的机会！我觉得这种情形也可以暗示妇女在封建社会里所处的地位。

我的母亲在我十三岁的时候就去世了。我生的那一年是在九月里生的，她死的那一年是在五月里死的，所以我们母子两人在实际上相聚的时候只有十一年零九个月。我在这篇文里对于母亲的零星追忆，只是这十一年里的前尘影事。

我现在所能记得的最初对于母亲的印象，大约在两三岁的时候。我记得有一天夜里，我独自一人睡在床上，由梦里醒来，朦胧中睁开眼睛，模糊中看见由垂着的帐门射进来的微微的灯光。在这微微的灯光里瞥见一个青年妇人拉开帐门，微笑着把我抱起来。她嘴里叫我什么，并对我说了什么，现在都记不清了，只记得她把我负在她的背上，跑到一个灯光灿烂人影憧憧往来的大客厅里，走来走去“巡阅”着。大概是元宵吧，这大客厅里除有不少成人谈笑着外，有二三十个孩童提着各色各样的纸灯，里面燃着蜡烛，三五成群地跑着玩。我此时伏在母亲的背上，半醒半睡似的微张着眼看这个，望那个。那时我的父亲还在和祖父同住，过着“少爷”的生活；父亲有十来个弟兄，有好几个都结了婚，所以这大家族里有着这么多的孩子。母亲也做了这大家族里的一分子。她十五岁就出嫁，十六岁那年养我，这个时候才十七八岁。我由现在追想当时伏在她的背上睡眼惺松所见着的她的容态，还感觉到她的活泼的欢悦的柔和的青春的美。我生平所见过的女子，我的母亲是最美的一个，就是当时伏在母亲背上的我，也能觉到在那个大客厅里许多妇女里面，没有一个及得到母亲的可爱。我现在想来，大概在我睡在房里的时候，母亲看见许多孩子玩灯热闹，便想起了我，也许蹑手蹑脚到我床前看了好几次，见我醒了，便负我出去一饱眼福。这是我对母亲最初的感觉，虽则在当时的幼稚脑袋里当然不知道什么叫做母爱。

后来祖父年老告退，父亲自己带着家眷在福州做候补官。我当时大概有了五六岁，比我小两岁的二弟已生了。家里除父亲母亲和这个小弟弟外，只有母亲由娘家带来的一个青年女仆，名叫妹仔。“做官”似乎怪好听，但是当时父亲赤手空拳出来做官，家里一贫如洗。我还记得，父亲一天到晚不在家里，大概是到“官场”里“应酬”去了，家里没有米下锅；妹仔替我们到附近施米给穷人的一个大庙里去领“仓米”，要先在庙前人山人海里面拥挤着领到竹签，然后拿着竹签再从挤得水泄不通的人群中，带着粗布袋挤到里面去领米；母亲在家里横抱着哭涕着的二弟踱来踱去，我在旁坐在一只小椅上呆呆地望着母亲，当时不知道这就是穷的景象，只诧异着母亲的脸何以那样苍白，她那样静寂无语地好像有着满腔无处诉的心事。妹仔和母亲非常亲热，她们竟好像母女，共患难，直到母亲病得将死的时候，她还是不肯离开她，以孝女自居，寝食俱废地照顾着母亲。

母亲喜欢看小说，那些旧小说，她常常把所看的内容讲给妹仔听。她讲得娓娓动听，妹仔听着忽而笑容满面，忽而愁眉双锁。章回的长篇小说一下讲不完，妹仔就很不耐地等着母亲再看下去，看后再讲给她听。往往讲到孤女患难，或义妇含冤的凄惨的情形，她两人便都热泪盈眶，泪珠尽往颊上涌流着。那时的我立在旁边瞧着，莫名其妙，心里不明白她们为什么那样无缘无故地挥泪痛哭一顿，和在上面看到穷的景象一样地不明白其所以然。现在想来，才感觉到母亲的情感的丰富，并觉得她的讲故事能那样地感动着妹仔。如果母亲生在现在，有机会把自己造成一个教员，必可成为一个循循善诱的良师。

我六岁的时候，由父亲自己为我“发蒙”，读的是《三字经》，第一天上的课是“人之初，性本善；性相近，习相远”。一点儿莫名其妙！一个人坐在一个小客厅的炕床上“朗诵”了半天，苦不堪言！母亲觉得非请一位“西席”老夫子，总教不好，所以家里虽一贫如洗，情愿节衣缩食，把省下的钱请一位老夫子。说来可笑，第一个请来的这位老夫子，每月束脩只须四块大洋（当然供膳宿），虽则这四块大洋，在母亲已是一件很费筹措的事情。

我到十岁的时候，读的是“孟子见梁惠王”，教师的每月束脩已加到十二元，算增加了三倍。到年底的时候，父亲要“清算”我平日的功课，在夜里亲自听我背书，很严厉，桌上放着一根两指阔的竹板。我的背向着他立着背书，背不出的时候，他提一个字，就叫我回转身来把手掌展放在桌上，他拿起这根竹板很重地打下来。我吃了这一下苦头，痛是血肉的身体所无法避免的感觉，当然失声地哭了，但是还要忍住哭，回过身去再背。不幸又有一处中断，背不下去，经他再提一字，再打一下。呜呜咽咽地背着那位前世冤家的“见梁惠王”的“孟子”！我自己呜咽着背，同时听得见坐在旁边缝着的母亲也唏唏嘘嘘地泪如泉涌地哭着。我心里知道她见我被打，她也觉得好像刺心的痛苦，和我表着十二分的同情，但她却时时从呜咽着的断断续续的声音里勉强说着“打得好！”她的饮泣吞声，为的是爱她的儿子；勉强硬着头皮说声“打得好”，为的是希望她的儿子上进。由现在看来，这样的教育方法真是野蛮之至！但于我不敢怪我的母亲，因为那个时候就只有这样野蛮的教育法；如今想起母亲见我被打，陪着我一同哭，那样的母爱，仍然使我感念着我的慈爱的母亲。背完了半本“梁惠王”，右手掌打得发肿有半寸高，偷向灯光中一照，通亮，好像满肚子装着已成熟的丝的蚕身一样。母亲含着泪抱我上床，轻轻把被窝盖上，向我额上吻了几吻。

当我八岁的时候，二弟六岁，还有一个妹妹三岁。三个人的衣服鞋袜，没有一件不是母亲自己做的。她还时常收到一些外面的女红来做，所以很忙。我在七八岁时，看见母亲那样辛苦，心里已知道感觉不安。记得有一个夏天的深夜，我忽然从睡梦中醒了起来，因为我的床背就紧接着母亲的床背，所以从帐里望得见母亲独自一人在灯下做鞋底，我心里又想起母亲的劳苦，辗转反侧睡不着，很想起来陪陪母亲。但是小孩子深夜不好好地睡，是要受到大人的责备的，就说是要起来陪陪母亲，一定也要被申斥几句，万不会被准许的（这至少是当时我的心理），于是想出一个借口来试试看，便叫声母亲，说太热睡不着，要起来坐一会儿。出乎我意料之外的，母亲居然许我起来坐在她的身边。我眼巴巴地望着她额上的汗珠往下流，手上一针不停地做着布鞋——做给我穿的。这时万籁俱寂，只听到滴答的钟声，和可以微闻得到的母亲的呼吸。我心里暗自想念着，为着我要穿鞋，累母亲深夜工作不休，心上感到说不出的歉疚，又感到坐着陪陪母亲，似乎可以减轻些心里的不安成分。当时一肚子里充满着这些心事，却不敢对母亲说出一句。才坐了一会儿，又被母亲赶上床去睡觉，她说小孩子不好好地睡，起来干什么！现在我的母亲不在了，她始终不知道她这个小儿子心里有过这样的一段不敢说出的心理状态。

母亲死的时候才廿九岁，留下了三男三女。在临终的那一夜，她神志非常清楚，忍泪叫着一个一个子女嘱咐一番。她临去最舍不得的就是她这一群的子女。我的母亲只是一个平凡的母亲，但是我觉得她的可爱的性格，她的努力的精神，她的能干的才具，都埋没在封建社会的一个家族里，都葬送在没有什么意义的事务上，否则她一定可以成为社会上一个更有贡献的分子。我也觉得，像我的母亲这样被埋没葬送掉的女子不知有多少！

一九三六，一月十日，深夜

我的四个假想敌

余光中

二女幼珊在港参加侨生联考，以第一志愿分发台大外文系。听到这消息，我松了一口气，从此不必担心四个女儿通通嫁给广东男孩了。

我对广东男孩当然并无偏见，在港六年，我班上也有好些可爱的广东少年，颇讨老师的欢心，但是要我把四个女儿全部让那些“靓仔”“叻仔”掳掠了去，却舍不得。不过，女儿要嫁谁，说得洒脱些，是她们的自由意志，说得玄妙些呢，是因缘，做父亲的又何必患得患失呢？何况在这件事上，做母亲的往往位居要冲，自然而然成了女儿的亲密顾问，甚至亲密战友，作战的对象不是男友，却是父亲。等到做父亲的惊醒过来，早已腹背受敌，难挽大势了。

余光中（1928—2017），祖籍福建泉州，出生于江苏南京，中国台湾作家、诗人、学者、翻译家。代表作有散文集《听听那冷雨》、诗集《白玉苦瓜》及评论集《分水岭上：余光中评论文集》等。

在父亲的眼里，女儿最可爱的时候是在十岁以前，因为那时她完全属于自己。在男友的眼里，她最可爱的时候却在十七岁以后，因为这时她正像毕业班的学生，已经一心向外了。父亲和男友，先天上就有矛盾。对父亲来说，世界上没有东西比稚龄的女儿更完美的了，唯一的缺点就是会长大，除非你用急冻术把她久藏，不过这恐怕是违法的，而且她的男友迟早会骑了骏马或摩托车来，把她吻醒。

我未用太空舱的冻眠术，一任时光催迫，日月轮转，再揉眼时，怎么四个女儿都已依次长大，昔日的童话之门砰地一关，再也回不去了。四个女儿，依次是珊珊、幼珊、佩珊、季珊。简直可以排成一条珊瑚礁。珊珊十二岁的那年，有一次，未满九岁的佩珊忽然对来访的客人说：“喂，告诉你，我姐姐是一个少女了！”在座的大人全笑了起来。

曾几何时，惹笑的佩珊自己，甚至最幼稚的季珊，也都在时光的魔杖下，点化成“少女”了。冥冥之中，有四个“少男”正偷偷袭来，虽然蹑手蹑足，屏声止息，我却感到背后有四双眼睛，像所有的坏男孩那样，目光灼灼，心存不轨，只等时机一到，便会站到亮处，装出伪善的笑容，叫我岳父。我当然不会应他。哪有这么容易的事！我像一棵果树，天长地久在这里立了多年，风霜雨露，样样有份，换来果实累累，不胜负荷。而你，偶尔过路的小子，竟然一伸手就来摘果子，活该蟠地的树根绊你一跤！

而最可恼的，却是树上的果子，竟有自动落入行人手中的样子。树怪行人不该擅自来摘果子，行人却说是果子刚好掉下来，给他接着罢了。这种事，总是里应外合才成功的。当初我自己结婚，不也是有一位少女开门揖盗吗？“堡垒最容易从内部攻破”，说得真是不错。不过彼一时也，此一时也。同一个人，过街时讨厌汽车，开车时却讨厌行人。现在是轮到我来开车。

好多年来，我已经习于和五个女人为伍，浴室里弥漫着香皂和香水气味，沙发上散置皮包和发卷，餐桌上没有人和我争酒，都是天经地义的事。戏称吾庐为“女生宿舍”，也已经很久了。做了“女生宿舍”的舍监，自然不欢迎陌生的男客，尤其是别有用心的一类。但是自己辖下的女生，尤其是前面的三位，已有“不稳”的现象，却令我想起叶芝的一句诗：

一切已崩溃，失去重心。

我的四个假想敌，不论是高是矮，是胖是瘦，是学医还是学文，迟早会从我疑惧的迷雾里显出原形，一一走上前来，或迂回曲折，嗫嚅其词，或开门见山，大言不惭，总之要把他的情人，也就是我的女儿，对不起，从此领去。无形的敌人最可怕，何况我在亮处，他在暗里，又有我家的“内奸”接应，真是防不胜防。只怪当初没有把四个女儿及时冷藏，使时间不能拐骗，社会也无由污染。现在她们都已大了，回不了头；我那四个假想敌，那四个鬼鬼祟祟的地下工作者，也都已羽毛丰满，什么力量都阻止不了他们了。先下手为强，这件事，该趁那四个假想敌还在襁褓的时候，就予以解决的。至少美国诗人纳许（Ogden Nash，1902—1971）劝我们如此。他在一首妙诗《由女婴之父来唱的歌》（*Song to Be Sung by the Father of Infant Female Children*）之中，说他生了女儿吉儿之后，惴惴不安，感到不知什么地方正有个男婴也在长大，现在虽然还浑浑噩噩，口吐白沫，却注定将来会抢走他的吉儿。于是做父亲的每次在公园里看见婴儿车中的男婴，都不由神色一变，暗暗想道："会不会是这家伙？"想着想着，他"杀机陡萌"（My dreams, I fear, are infanticiddle），便要解开那男婴身上的别针，朝他的爽身粉里撒胡椒粉，把盐撒进他的奶瓶，把沙撒进他的菠菜汁，再扔头优游的鳄鱼到他的婴儿车里陪他游戏，逼他在水深火热之中挣扎而去，去娶别人的女儿。足见诗人以未来的女婿为假想敌，早已有了前例。

不过一切都太迟了。当初没有当机立断，采取非常措施，像纳许诗中所说的那样，真是一大失策。如今的局面，套一句史书上常见的话，已经是"寇入深矣"！女儿的墙上和书桌的玻璃垫下，以前的海报和剪报之类，还是披头士、拜丝、大卫·凯西弟的形象，现在纷纷都换上男友了。至少，滩头阵地已经被入侵的军队占领了去，这一仗是必败的了。记得我们小时，这一类的照片仍被列为机密要件，不是藏在枕头套里，贴着梦境，便是夹在书堆深处，偶尔翻出来神往一番，哪有这么二十四小时眼前供奉的？

这一批形迹可疑的假想敌，究竟是哪年哪月开始入侵厦门街余宅的，已经不可考了。只记得六年前迁港之后，攻城的军事便换了一批口操粤语的少年来接手。至于交战的细节，就得问名义上是守城的那几个女将，我这位“昏君”是再也搞不清的了。只知道敌方的炮火，起先是瞄准我家的信箱，那些歪歪斜斜的笔迹，久了也能猜个七分；继而是集中在我家的电话，“落弹点”就在我书桌的背后，我的文苑就是他们的沙场，一夜之间，总有十几次脑震荡。那些粤音平上去入，有九声之多，也令我难以研判敌情。现在我带幼珊回了厦门街，那头的广东部队轮到我太太去抵挡，我在这头，只要留意台湾健儿，任务就轻松多了。

信箱被袭，只如战争的默片，还不打紧。其实我宁可多情的少年勤写情书，那样至少可以练习作文，不致在视听教育的时代荒废了中文。可怕的还是电话中弹，那一串串警告的铃声，把战场从门外的信箱扩至书房的腹地，默片变成了身历声，假想敌在实弹射击了。更可怕的，却是假想敌真的闯进了城来，成了有血有肉的真敌人，不再是假想了好玩的了，就像军事演习到中途，忽然真的打起来了一样。真敌人是看得出来的。在某一女儿的接应之下，他占领了沙发的一角，从此两人呢喃细语，嗫嚅密谈，即使脉脉相对的时候，那气氛也浓得化不开，窒得全家人都透不过气来。这时几个姐妹早已回避得远远的了。任谁都看得出情况有异。万一敌人留下来吃饭，那空气就更为紧张，好像摆好姿势，面对照相机一般。平时鸭塘一般的餐桌，四姐妹这时像在演哑剧，连筷子和调羹都似乎得到了消息，忽然小心翼翼起来。明知这僭越的小子未必就是真命女婿，（谁晓得宝贝女儿现在是十八变中的第几变呢？）心里却不由自主升起一股淡淡的敌意。也明知女儿正如将熟之瓜，终有一天会蒂落而去，却希望不是随眼前这自负的小子。

当然，四个女儿也自有不乖的时候，在恼怒的心情下，我就恨不得四个假想敌赶快出现，把她们统统带走。但是那一天真要来到时，我一定又会懊悔不已。我能够想象，人生的两大寂寞，一是退休之日，一是最小的孩子终于也结婚之后。宋淇有一天对我说："真羡慕你的女儿全在身边！"真的吗？至少目前我并不觉得自己有什么可羡之处。也许真要等到最小的季珊也跟着假想敌度蜜月去了，才会和我存并坐在空空的长沙发上，翻阅她们小时的相簿，追忆从前，六人一车长途壮游的盛况，或是晚餐桌上，热气蒸腾，大家共享的灿烂灯光。人生有许多事情，正如船后的波纹，总要过后才觉得美的。这么一想，又希望那四个假想敌，那四个生手笨脚的小伙子，还是多吃几口闭门羹，慢一点出现吧。

袁枚写诗，把生女儿说成“情疑中副车”；这书袋掉得很有意思，却也流露了重男轻女的封建意识。照袁枚的说法，我是连中了四次副车，命中率够高的了。余宅的四个小女孩现在变成了四个小妇人，在假想敌环伺之下，若问我择婿有何条件，一时倒恐怕答不上来。沉吟半晌，我也许会说：“这件事情，上有月下老人的婚姻谱，谁也不能窜改，包括韦固，下有两个海誓山盟的情人，‘二人同心，其利断金’，我凭什么要逆天拂人，梗在中间？何况终身大事，神秘莫测，事先无法推理，事后不能悔棋，就算交给二十一世纪的电脑，恐怕也算不出什么或然率来。倒不如故示慷慨，伪作轻松，博一个开明父亲的美名，到时候带颗私章，去做主婚人就是了。”

问的人笑了起来，指着我说：“什么叫作‘伪作轻松’？可见你心里并不轻松。”

我当然不很轻松，否则就不是她们的父亲了。例如人种的问题，就很令人烦恼。万一女儿发痴，爱上一个耸肩摊手口香糖嚼个不停的小怪人，该怎么办呢？在理性上，我愿意“有婿无类”，做一个大大方方的世界公民。但是在感情上，还没有大方到让一个臂毛如猿的小伙子把我的女儿抱过门槛。现在当然不再是“严夷夏之防”的时代，但是一任单纯的家庭扩充成一个小型的联合国，也大可不必。问的人又笑了，问我可曾听说混血儿的聪明超乎常人。我说：“听过，但是我不稀罕抱一个天才的‘混血孙’。我不要一个天才儿童叫我 Grandpa，我要他叫我外公。”问的人不肯罢休：“那么省籍呢？”

“省籍无所谓，”我说，“我就是苏闽联姻的结果，还不坏吧？当初我母亲从福建写信回武进，说当地有人向她求婚。娘家大惊小怪，说：‘那么远！怎么就嫁给南蛮！’后来娘家发现，除了言语不通之外，这位闽南姑爷并无可疑之处。这几年，广东男孩锲而不舍，对我家的压力很大，有一天闽粤结成了秦晋，我也不会感到意外。如果有个台湾少年特别巴结我，其志又不在跟我谈文论诗，我也不会怎么为难他的。至于其他各省，从黑龙江直到云南，口操各种方言的少年，只要我女儿不嫌他，我自然也欢迎。”

“那么学识呢？”

“学什么都可以。也不一定要是学者，学者往往不是好女婿，更不是好丈夫。只有一点：中文必须清通。中文不通，将祸延吾孙！”

客又笑了。“相貌重不重要？”他再问。

“你真是迂阔之至！”这次轮到我发笑了，“这种事，我女儿自己会注意，怎么会要我来操心？”

笨客还想问下去，忽然门铃响起。我起身去开大门，发现长发乱处，又一个假想敌来掠余宅。

一九八〇年九月于台北

我喜欢

张晓风

我喜欢活着，生命是如此地充满了愉悦。

我喜欢冬天的阳光，在迷茫的晨雾中展开。我喜欢那份宁静淡远，我喜欢那没有喧哗的光和热。而当中午，满操场散坐着晒太阳的人，那种原始而纯朴的意象总深深地感动着我的心。

我喜欢在春风中踏过窄窄的山径，草莓像精致的红灯笼，一路殷勤地张结着。我喜欢抬头看树梢尖尖的小芽儿，极嫩的黄绿色中透着一派天真的粉红——它好像准备着要奉献什么，要展示什么。那柔弱而又生意盎然的面目，常在无言中教导我一些美丽的真理。

张晓风，江苏铜山人，1941年出生于浙江金华，台湾散文家。主要作品有《白手帕》《红手帕》《春之怀古》《地毯的那一端》《愁乡石》等。

我喜欢看一块平平整整、油油亮亮的秧田。那细小的禾苗密密地排在一起，好像一张多绒的毯子，是集许多翠禽的羽毛织成的，它总是激发我想在上面躺一躺的欲望。

我喜欢夏日的永昼，我喜欢在多风的黄昏独坐在傍山的阳台上。小山谷里的稻浪推涌，美好的稻香翻腾着。慢慢地，绚丽的云霞被浣净了，柔和的晚星遂一一就位。我喜欢观赏这样的布景，我自以为坐在我喜欢的舒服包厢里。

我喜欢看满山营芒，在秋风里凄然地白着。在山坡上，在水边上，美得那样凄凉。那次，刘告诉我他在梦里得了一句诗："雾树芦花连江白"，意境是美极了，平仄却有点拗口。想凑成一首绝句，却又不忍心改它。想联成古风，又苦再也吟不出相当的句子。至今那还只是一句诗，一片美而孤立的意境。

我也喜欢梦，喜欢梦里奇异的享受。我总是梦见自己能飞，能跃过山丘和小河。我总是梦见奇异的色彩和悦人的形象。我梦见棕色的骏马，发亮的鬣毛在风中飞扬。我梦见成群的野雁，在河滩的丛草中歇宿。我梦见荷花海，完全没有边际，远远在炫耀着模糊的香红——这些，都是我平日不曾见过的。最不能忘记那次梦见在一座紫色的山峦前看日出——它原来必定不是紫色的，只是翠岚映着初升的红日，遂在梦中幻出那样奇特的山景。

我当然同样在现实生活里喜欢山，我办公室的长窗便是面山而开的。每次当窗而坐，总觉得满几尽绿，一种说不出的柔和。较远的地方，教堂尖顶的白色十字架在透明的阳光里巍立着，把蓝天撑得高高的。

我还喜欢花，不管是哪一种。我喜欢清瘦的秋菊、浓郁的玫瑰、孤洁的百合，以及幽闲的素馨。我也喜欢开在深山里不知名的小野花，十字形的、斛形的、星形的、球形的。我十分相信上帝在造万花的时候，赋给它们同样的尊荣。

我喜欢另一种花儿，是绽开在人们笑颊上的。当寒冷的早晨我走在巷子里，对门那位清癯的太太笑着说："早！"我就忽然觉得世界是这样的亲切，我缩在皮手套里的指头不再感觉发僵，空气里充满了和善。

当我到了车站开始等车的时候，我喜欢看见短发齐耳的中学生，那样精神奕奕的，像小雀儿一样快活的中学生。我喜欢她们美好宽阔而又明净的额头，以及活泼清澈的眼神。每次看着她们老让我想起自己，总觉得似乎我仍是她们中间的一个。仍然单纯地充满了幻想，仍然那样容易受感动。

当我坐下来，在办公室的写字台前，我喜欢有人为我送来当天的信件。我喜欢读朋友的信，没有信的日子是不可想象的。我喜欢读弟弟妹妹的信，那些幼稚纯朴的句子，总是使我在泪光中重新看见南方那座燃遍凤凰花的小城。最不能忘记那年夏天，德从最高的山上为我寄来一片蕨类植物的叶子。在那样酷暑的气候中，我忽然感到甜蜜而又沁人的清凉。

我特别喜爱读者的信件，虽然我不一定有时间回复，每次捧读这些信件，总让我觉得一种特殊的激动。在这世上，也许有人已透过我看见一些东西。这不就够了吗？我不需要永远存在，我希望我所认定的真理永远存在。

我把信件分放在许多小盒子里，那些关切和怀谊都被妥善地保存着。

除了信，我还喜欢看一点书，特别是在夜晚，在一灯荧荧之下。我不是一个十分用功的人，我只喜欢看词曲方面的书。有时候也涉及一些古拙的散文，偶然我也勉强自己看一些浅近的英文书，我喜欢异国文字变化的活泼。

夜读之余，我喜欢拉开窗帘看看天空，看看灿如满园春花的繁星。我更喜欢看远处山坳里微微摇晃的灯光。那样模糊，那样幽柔，是不是那里面也有一个夜读的人呢？

在书籍里面我不能自抑地要喜爱那些泛黄的线装书，握着它们就觉得握着一脉优美的传统，那涩黯的纸面蕴含着一种古典的美。我很自然地想到，有几个人执过它们，有几个人读过它们。他们也许都过去了。历史的兴亡、人物的迭代本是这样虚幻，唯有书中的智慧永远长存。

我喜欢坐在汪教授家中的客厅里，在落地灯的柔辉中捧一本线装的昆曲谱子。当他把旧得发亮的褐色笛管举到唇边的时候，我就开始轻轻地按着板眼唱起来。那柔美幽咽的水磨调在室中低回着，寂寞而空荡，像江南一池微凉的春水。我的心遂在那古老的音乐中体味到一种无可奈何的轻愁。

我就是这样喜欢着许多旧东西。那块小毛巾，是小学四年级参加《儿童周刊》父亲节征文比赛得来的。那一角花岗石，是小学毕业时和小曼敲破了各执一半的。那具布娃娃是我儿时最忠实的伴侣。那本毛笔日记，是七岁时被老师逼着写成的。那两支蜡烛，是我过二十岁生日的时候，同学们为我插在蛋糕上的……我喜欢这些财富，以致每每整个晚上都在痴坐着，沉浸在许多快乐的回忆里。

我喜欢翻旧相片，喜欢看那个大眼睛长辫子的小女孩。我特别喜欢坐在摇篮里的那张，那么甜美无忧的时代！我常常想起母亲对我说：“不管你们将来遭遇什么，总是回忆起来，你们还有一段快活的日子。”是的，我骄傲，我有一段快活的日子——不只是一段，我相信那是一生悠长的岁月。

我喜欢把旧作品一一检视，如果我看出以往作品缺点，我就高兴得不能自抑——我在进步！我不是在停顿！这是我最快乐的事了，我喜欢进步！

我喜欢美丽的小装饰品，像耳环、项链和胸针。那样晶晶闪闪的、细细微微的、奇奇巧巧的。它们都躺在一个漂亮的小盒子里，炫耀着不同的美丽，我喜欢不时看看它们，把它们佩在我的身上。

我就是喜欢这样松散而闲适的生活，我不喜欢精密地分配时间，不喜欢紧张地安排节目。我喜欢许多不实用的东西，我喜欢充足的沉思时间。

我喜欢晴朗的礼拜天清晨，当低沉的圣乐冲击着教堂的四壁，我就忽然升入另一个境界，没有纷扰，没有战争，没有嫉恨与恼怒。人类的前途有了新的光芒，那种确切的信仰把我带入更高的人生境界。

我喜欢在黄昏时来到小溪旁。四顾没有人，我便伸足入水——那被夕阳照得极艳丽的溪水，细沙从我趾间流过，某种白花的瓣儿随波飘去，一会儿就幻灭了——这才发现那实在不是什么白花瓣儿，只是一些被石块激起的浪花罢了。坐着，坐着，好像天地间都流动着和暖的细流。低头沉吟，满溪红霞照得人眼花，一时简直觉得双足是浸在一钵花汁里呢！

我更喜欢没有水的河滩，长满了高及人肩的蔓草。日落时一眼望去，白石不尽，有着苍莽凄凉的意味。石块垒垒，把人心里慷慨的意绪也堆叠起来了。我喜欢那种情怀，好像在峡谷里听人喊秦腔，苍凉的余韵回转不绝。

我喜欢别人不注意的东西，像草坪上那株没有人理会的扁柏，那株瑟缩在高大龙柏之下的扁柏。每次我走过它的时候总要停下来，嗅一嗅那股清香，看一看它谦逊的神气。有时候我又怀疑它是不是谦逊，因为也许它根本不觉得龙柏的存在。又或许它虽知道有龙柏存在，也不认为伟大与平凡有什么两样——事实上伟大与平凡的确也没有什么两样。

我喜欢朋友，喜欢在出其不意的时候去拜访他们。尤其喜欢在雨天去叩湿湿的大门，在落雨的窗前话旧真是多么美。记得那次到中部去拜访芷的山居，我永不能忘记她看见我时的惊呼。当她连跑带跳地来迎接我，山上的阳光就似乎忽然炽燃起来了。我们走在向日葵的荫下，慢慢地倾谈着。那迷人的下午像一阕轻快的曲子，一会儿就奏完了。

我极喜欢，而又带着几分崇敬去喜欢的，便是海了。那辽阔，那淡远，都令我心折。而那雄壮的气象，那平稳的风范，以及那不可测的深沉，一直向人类作着无言的挑战。

我喜欢家，我从来还不知道自己会这样喜欢家。每当我从外面回来，一眼看到那窄窄的红门，我就觉得快乐而自豪，我有一个家，多么奇妙！

我也喜欢坐在窗前等他回家来。虽然过往的行人那样多，我总能分辨他的足音。那是很容易的，如果有一个脚步声，一入巷子就开始跑，而且听起来是沉重急速的大阔步，那就准是他回来了！我喜欢他把钥匙放进门锁中的声音，我喜欢听他一进门就喘着气喊我的英文名字。

我喜欢晚饭后坐在客厅里的时分。灯光如纱，轻轻地撒开。我喜欢听一些协奏曲，一面捧着细瓷的小茶壶暖手。当此之时，我就恍惚能够想象一些田园生活的悠闲。

我也喜欢户外的生活，我喜欢和他并排骑着自行车。当礼拜天早晨我们一起赴教堂的时候，两辆车子便并驰在黎明的大道上。朝阳的金波向两旁溅开，我遂觉得那不是一辆脚踏车，而是一艘乘风破浪的飞艇，在无声的欢唱中滑行。我好像忽然又回到刚学会骑车的那个年龄，那样兴奋，那样快活，那样唯我独尊——我喜欢这样的时光。

我喜欢多雨的日子。我喜欢对着一盏昏灯听檐雨的奏鸣，细雨如丝，如一天轻柔的叮咛。这时候我喜欢和他共撑一柄旧伞去散步。伞际垂下晶莹成串的水珠——一幅美丽的珍珠帘子。于是伞下开始有我们宁静隔绝的世界，伞下缭绕着我们成串的往事。

我喜欢在读完一章书后仰起脸来和他说话，我喜欢假想许多事情。

“如果我先死了，”我平静地说着，心底却泛起无端的哀愁，“你要怎么样呢？”

“别说傻话，你这憨孩子。”

“我喜欢知道，你一定要告诉我，如果我先死了，你要怎么办？”

他望着我，神色愀然。

“我要离开这里，到很远的地方去。去做什么，我也不知道，总之，是很遥远很蛮荒的地方。”

“你要离开这屋子吗？”我急切地问，环视着被布置得像一片紫色梦谷的小屋。我的心在想象中感到一种剧烈的痛楚。

“不，我要拼命去赚很多钱，买下这栋房子。”他慢慢地说，声音忽然变得很凄怆而低沉：

“让每一样东西像原来那样被保持着。哦，不，我们还是别说这些傻话吧！”

我忍不住清泪泫然了，我不明白，为什么我喜欢问这样的问题。

“哦，不要痴了，”他安慰着我，“我们会一起死去的。想想，多美，我们要相偕着去参加天国的盛会呢！”

我喜欢相信他的话，我喜欢想象和他一同跨入永恒。

我也喜欢独自想象老去的日子，那时候必是很美的。就好像夕晖满天的景象一样。那时再没有什么可争夺的，可留连的。一切都淡了，都远了，都漠然无介于心了。那时候智慧深邃又明澈，爱情渐渐醇化，生命也开始慢慢蜕变，好进入另一个安静美丽的世界。啊，那时候，那时候，当我抬头看到精金的大道，碧玉的城门，以及千万只迎接我的号角，我必定是很激动而又很满足的。

我喜欢，我喜欢，这一切我都深深地喜欢！我喜欢能在我心里充满着这样多的喜欢！

途中

梁遇春

今天是个潇洒的秋天，飘着零雨，我坐在电车里，看到沿途店里的伙计们差不多都是懒洋洋地在那里谈天，看报，喝茶——喝茶的尤其多，因为今天实在有点冷起来了。还有些只是倚着柜头，望望天色。总之纷纷扰扰的十里洋场顿然现出闲暇悠然的气概，高楼大厦的商店好像都化做三间两舍的隐庐，里面那班平常替老板挣钱，向主顾陪笑的伙计们也居然感到了生活余裕的乐处，正在拉闲扯散地过日，仿佛全是古之隐君子了。路上的行人也只是稀稀的几个，连坐在电车里面上银行去办事的洋鬼子们也燃着烟斗，无聊赖地看报上的广告，平时的燥气全消，这大概是那件雨衣的效力罢！到了北站，换上去西乡的公共汽车，雨中的秋之田野是别有一种风味的。外面的蒙蒙细雨是看不见的，看得见的只是车窗上不断地来临的小雨点同河面上错

梁遇春（1906—1932），福建闽侯人，现代作家。代表作有《春醪集》《泪与笑》等。

杂得可喜的纤纤雨脚。此外还有粉般的小雨点从破了的玻璃窗进来，栖止在我的脸上。我虽然有些寒战，但是受了雨水的洗礼，精神变成格外地清醒。已撄世网，醉生梦死久矣的我真不容易有这么清醒，这么气爽。再看外面的景色，既没有像春天那样娇艳得使人们感到它的不能久留，也不像冬天那样树枯草死，好似世界是快毁灭了，却只是静默默地，一层轻轻的雨雾若隐若现地盖着，把大地美化了许多，我不禁微吟着乡前辈姜白石的诗句，真是“人生难得秋前雨”。忽然想到今天早上她皱着眉头说道：“这样凄风苦雨的天气，你也得跑那么远的路程，这真可厌呀！”我暗暗地微笑。她哪里晓得我正在凭窗赏玩沿途的风光呢？她或者以为我现在必定是哭丧着脸，像个到刑场的死囚，万不会想到我正流连着这叶尚未凋，草已添黄的秋景。同情是难得的，就是错误的同情也是无妨，所以我就让她老是这样可怜着我的仆仆风尘罢；并且有时我有什么逆意的事情，脸上露出不豫的颜色，可以借路中的辛苦来遮掩，免得她一再追究，最后说出真话，使她平添了无数的愁绪。

其实我是个最喜欢在十丈红尘里奔走道路的人。我现在每天在路上的时间差不多总在两点钟以上，这是已经有好几月了，我却一点也不生厌，天天走上电车，老是好像开始蜜月旅行一样。电车上和道路上的人们彼此多半是不相识的，所以大家都不大拿出假面孔来，比不得讲堂里，宴会上，衙门里的人们那样彼此拼命地一味敷衍。公园，影戏院，游戏场，馆子里面的来客个个都是眉花眼笑的，最少也装出那么个样子；墓地，法庭，医院，药店的主顾全是眉头皱了几十纹的，这两下都未免太单调了，使我们感到人世的平庸无味。车子里面和路上的人们却具有万般色相，你坐在车里，只要你睁大眼睛不停地观察了三十分钟，你差不多可以在所见的人们脸上看出人世一切的苦乐感觉同人心的种种情调。你坐在位子上默默地鉴赏，同车的客人们老实地让你从他们的形色举止上去推测他们的生平同当下的心境，外面的行人一一现你眼前，你尽可恣意瞧着，他们并不会晓得，而且他们是这么不断地接连走过，你很可以拿他们来彼此比较，这种普通人的行列的确是比什么赛会都有趣得多，路上源源不绝的行人可说是上帝设计的赛会，当然胜过了我们佳节时红红绿绿的玩意儿了。并且在路途中我们的心境是最宜于静观的，最能吸收外界的刺激的。我们通常总是有事干，正经事也好，歪事也好，我们的注意免不了特别集中在一点上，只有路途中，尤其走熟了的长路，在未到目的地以前，我们的方寸是悠然的，不专注于一物，却是无所不留神的，在匆匆忙忙的一生里，我们此时才得好好地看一看人生的真况。所以无论从哪一方面说起，途中是认识人生最方便的地方。车中，船上同人行道可说是人生博览会的三张入场券，可惜许多人把它们当做废纸，空走了一生的路。我们有一句古话：“读万卷书，行万里路。”所谓行万里路自然是指走遍名山大川，通都大邑，但是我觉换一个解释也是可以。一条的路你来往走了几万遍，凑成了万里这个数目，只要你真用了你的眼睛，你就可以算是懂得人生的人了。俗语说道：“秀才不出门，能知天下事。”我们不幸未得入泮，只好多走些路，来见见世面罢！对于人生有了清澈的观照，世上的荣辱祸福不足以扰乱内心的恬静，我们的心灵因此可以获到永久的自由，可见个个的路都是到自由的路，并不限于罗素先生所钦定的；所怕的就是面壁参禅，目不窥路的人们，他们自甘沦落，不肯上路，的确是无法可办。读书是间接地去了解人生，走路是直接地去了解人生，一落言诠，便非真谛，所以我觉得万卷书可以搁开不念，万里路非放步走去不可。

了解自然，便是非走路不可。但是我觉得有意的旅行倒不如通常的走路那样能与自然更见亲密。旅行的人们心中只惦着他们的目的地，精神是紧张的，实在不宜于裕然地接受自然的美景。并且天下的风光是活的，并不拘泥于一谷一溪，一洞一岩，旅行的人们所看的却多半是这些名闻四海的死景，人人莫名其妙地照例赞美的胜地。旅行的人们也只得依样画葫芦一番，做了万古不移的传统的奴隶。这又何苦呢？并且只有自己发现出的美景对着我们才会有贴心的亲切感觉，才会感动了整个心灵，而这些好景却大抵是得之偶然的，绝不能强求。所以有时因公外出，在火车中所瞥见的田舍风光会深印在我们的心坎里，而花了盘川，告了病假去赏玩的名胜倒只是如烟如雾地浮动在记忆的海里。今年的春天同秋天，我都去了一趟杭州，每天不是坐在划子里听着舟子的调度，就是跑山，恭敬地聆着车夫的命令，一本薄薄的指南隐隐地含有无上的威权，等到把所谓胜景一一领略过了，重上火车，我的心好似去了重担。当我再继续过着我通常的机械生活，天天自由地东瞧西看，再也不怕受了舟子，车夫，游侣的责备，再也没有什么应该非看不可的东西，我真快乐得几乎发狂。西泠的景色自然是渐渐消失得无影无迹，可惜消失得太慢，起先还做了我几个噩梦的背境。当我梦到无私的车夫，带我走着崎岖难行的宝石山或者光滑不能住足的往龙井的石路，不管我怎样求免，总是要迫我去看烟霞洞的烟霞同龙井的龙角。谢谢上帝，西湖已经不再浮现在我的梦中了。而我生平所最赏心的许多美景是从到西乡的公共汽车的玻璃窗得来的。我坐在车里，任它一上一下，一左一右地跳荡，看着老看不完的十八世纪长篇小说，有时闭着书随便望一望外面天气，忽然觉得青翠迎人，遍地散着香花，晴天现出不可描摹的蓝色。我顿然感到春天已到大地，这时我真是神魂飞在九霄云外了。再去细看一下，好景早已过去，剩下的是闸北污秽的街道，明天再走到原地，一切虽然仍旧，总觉得有所不足，与昨天是不同的，于是乎那天的景色永留在我的心里。甜蜜的东西看得太久了也会厌烦，真真的好景都该这样一瞬即逝，永不重来。婚姻制度的最大毛病也就是在于日夕聚首：将一切好处都因为太熟而化成坏处了。此外在热狂的夏天，风雪载途的冬季我也常常出乎意料地获到不可名言的妙境，滋润着我的心田。会心不远，真是陆放翁所谓的“何处楼台无月明”。自己培养有一个易感的心境，那么走路的确是了解自然的捷径。

“行”不单是可以使我们清澈地了解人生同自然，它自身又是带有诗意的，最浪漫不过的。雨雪霏霏，杨柳依依，这些境界只有行人才有福享受的。许多奇情逸事也都是靠着几个人的漫游而产生的。《西游记》，《镜花缘》，《老残游记》，Cervantes（塞万提斯，西班牙小说家）的《吉诃德先生》（*Don Quixote*），Swift（斯威夫特，英国文学家）的《海外轩渠录》（*Gulliver's Travels*），Bunyan（班扬，英国作家）的《天路历程》（*Pilgrim's Progress*），Cowper（科伯，英国诗人）的《痴汉骑马歌》（*John Gilpin*），Dickens（狄更斯，英国作家）的 *Pickwick Papers*，Byron（拜伦，英国诗人）的 *Childe Harold's Pilgrimage*，Fielding（菲尔丁，英国小说家）的 *Joseph Andrews*，Gogols（果戈理）的 *Dead Souls* 等不可一世的杰作没有一个不是以“行”为骨子的，所说的全是途中的一切，我觉得文学的浪漫题材在爱情以外，就要数到“行”了。陆放翁是个豪爽不羁的诗人，而他最出色的杰作却是那些纪行的七言。我们随便抄下两首，来代我们说出“行”的浪漫性罢！

剑南道中遇微雨

衣上征尘杂酒痕，远游无处不销魂。
此身合是诗人未，细雨骑驴入剑门。

南定楼遇急雨

行遍梁州到益州，今年又作度泸游。
江山重复争供眼，风雨纵横乱入楼。
人语朱离逢峒獠，棹歌欸乃下吴舟。
天涯住稳归心懒，登览茫然却欲愁。

因为“行”是这么会勾起含有诗意的情绪的，所以我们从“行”可以得到极愉快的精神快乐，因此“行”是解闷销愁的最好法子，将濒自杀的失恋人常常能够从漫游得到安慰，我们有时心境染了凄迷的色调，散步一下，也可以解去不少的忧愁。Hawthorne(霍桑，美国作家）同 Edgar Allan Poe(爱伦·坡，美国作家）最爱描状一个心里感到空虚的悲哀的人不停地在城里的各条街道上回复地走了又走，以冀对于心灵的饥饿能够暂时忘却。Dostoevsky（陀思妥耶夫斯基）的《罪与罚》里面的 Raskolnikov（拉斯科尔尼科夫）犯了杀人罪之后，也是无目的到处乱走，仿佛走了一下，会减轻了他心中的重压。甚至于有些人对于“行”具有绝大的趣味，把别的趣味一齐压下了，Stevenson（斯蒂文森，英国小说家）的《流浪汉之歌》就表现出这样的一个人物，他在最后一段里说道："财富我不要，希望，爱情，知己的朋友，我也不要；我所要的只是上面的青天同脚下的道路。"

Wealth I ask not，hope nor love，
Nor a friend to know me;
All I ask，the heaven above
And the road below me.

Walt Whitman（惠特曼，美国诗人）也是一个歌颂行路的诗人，他的《大路之歌》真是"行"的绝妙赞美诗，我就引他开头的雄浑诗句来做这段的结束罢！

Afoot and light-hearted to the open road,
Healthy，free，the world before me,
The long brown path before me leading wherever I choose.

我们从摇篮到坟墓也不过是一条道路，当我们正寝以前，我们可说是老在途中。途中自然有许多的苦辛，然而四围的风光和同路的旅人都是极有趣的，值得我们跋涉这程路来细细鉴赏。除开这条悠长的道路外，我们并没有别的目的地，走完了这段

征程，我们也走出了这个世界，重回到起点的地方了。科学家说我们就归于毁灭了，再也不能重走上这段路途。主张灵魂不灭的人们以为来日方长，这条路我们还能够一再重走了几千万遍。将来的事，谁去管它，也许这条路有一天也归于毁灭。我们还是今天有路今天走罢，最要紧的是不要闭着眼睛，朦胧一生，始终没有看到了世界。

箱子岩

沈从文

十五年以前，我有机会独坐一只小篷船，沿辰河上行，停船在箱子岩脚下。一列青黛崭削的石壁，夹江高矗，被夕阳烘炙成为一个五彩屏障。石壁半腰约百米高的石缝中，有古代巢居者的遗迹，石罅隙间横横地悬撑起无数巨大横梁，暗红色长方形大木柜尚依然好好地搁在木梁上。岩壁断折缺口处，看得见人家茅棚同水码头，上岸喝酒下船过渡人也得从这缺口通过。那一天正是五月十五，河中人过大端阳节。箱子岩洞窟中最美丽的三只龙船，早被乡下人拖出浮在水面上。

船只狭而长，船舷描绘有朱红线条，全船坐满了青年桨手，头腰各缠红布。鼓声起处，船便如一支没羽箭，在平静无波的长潭中来去如飞。河身大约一里路宽，两岸皆有人看船，大声

沈从文（1902—1988），湖南凤凰人，原名沈岳焕，乳名茂林，字崇文，现代作家、文物研究者。代表作有小说《边城》、散文集《湘行散记》、学术著作《龙凤艺术》等。

呐喊助兴。且有好事者，从后山爬到悬岩顶上去，把“铺地锦”百子鞭炮从高岩上抛下，尽鞭炮在半空中爆裂，形成一团团五彩碎纸云尘，嘭嘭嘭嘭的鞭炮声与水面船中锣鼓声相应和，引起人对于历史回溯发生一种幻想，一点感慨。

当时我心想：多古怪的一切！两千年前那个楚国逐臣屈原，若本身不被放逐，疯疯癫癫来到这种充满了奇异光彩的地方，目击身经这些惊心动魄的景物，两千年来的读书人，或许就没有福分读《九歌》那类文章，中国文学史也就不会如现在的样子了。在这一段长长岁月中，世界上多少民族皆堕落了，衰老了，灭亡了。即如号称东亚大国的一片土地，也已经有过多少次被来自西北方沙漠中的蛮族，骑了膘壮的马匹，手持强弓硬弩，长枪大戟，到处践踏蹂躏！（辛亥革命前夕，在这苗蛮杂处的一个边镇上，向土民最后一次大规模施行杀戮的统治者，就是一个北方清朝的宗室！辛亥以后，老袁梦想做皇帝时，又有两师北老在这里和滇军作战了大半年。）然而这地方的一切，虽在历史中照样发生不断的杀戮，争夺，以及一到改朝换代时，派人民担负种种不幸命运，死的因此死去，活的被逼迫留发，剪发，在生活上受新朝代种种限制与支配。然而细细一想，这些人根本上又似乎与历史毫无关系。从他们应付生存的方法与排泄感情的娱乐看上来，竟好像今古相同，不分彼此。这时节我所眼见的光景，或许就和两千年前屈原所见的完全一样。

那次我的小船停泊在箱子岩石壁下，附近还有十来只小渔船，大致打渔人也有玩龙船竞渡的，所以渔船上妇女小孩们，无不十分兴奋，各站在尾梢上或船篷上锐声呼喊。其中有几个小孩子，我只担心他们太快乐兴奋，会把住家的小船跳沉。

日头落尽云影无光时，两岸渐渐消失在温柔暮色里。两岸看船人呼喝声越来越少，河面被一片紫雾笼罩，除了从锣鼓声中尚能辨别那些龙船方向，此外已别无所见。然而岩壁缺口处却人声嘈杂，且闻有小孩子哭声，有妇女们尖锐叫唤声，综合给人一种悠然不尽的感觉。天已经夜了，吃饭是正经事。我原先尚以为再等一会儿，那龙船一定就会傍近岩边来休息，被人拖进石窟里，在快乐呼喊中结束这个节日了。谁知过了许久，那种锣鼓声尚在河面飘扬着，表示一班人还不愿意离开小船，回转家中。待到我把晚饭吃过后，爬出舱外一望，呀，天上好一轮圆月。月光下石壁同河面，一切如镀了银，已完全变换了一种调子。岩壁缺口处水码头边，正有人用废竹缆或油柴燃着火燎，火光下只见许多穿白衣人的影子移动。问问船上水手，方知道那些人正把酒食搬移上船，预备分派给龙船上人。原来这些青年人白日里划了一整天船，看船的已慢慢散尽了，划船的还不尽兴，并且谁也不愿意扫兴示弱，先行上岸，因此三只长船还得在月光下玩个上半夜。

提起这件事，使我重新感到人类文字语言的贫俭。那一派声音，那一种情调，真不是用文字语言可以形容的事情。要一个长年身在城市里住下，以读读《楚辞》就“神往意移”的人，来描绘那月下竞舟的一切，更近于徒然的努力。我可以说的，只是自从我把这次水上所领略的印象保留到心上后，一切书本上的动人记载，全看得平平常常，不至于发生任何惊讶了。这正像我另外一时，看过人类许多不同花样的愚蠢杀戮，对于其余书上叙述到这件事情时，同样不能再给我如何感动。

十五年后我又有了机会乘坐小船沿辰河上行，应当经过箱子岩。我想温习温习那地方给我的印象，就要管船的不问迟早，把小船在箱子岩下停泊。这一天是十二月七号，快要过年的光景。没有太阳的阴沉酿雪天，气候异常寒冷。停船时还只下午三点钟左右，岩壁上藤萝草木叶子多已萎落，显得那一带斑驳岩壁十分瘦削。悬岩高处红木柜，只剩下三四具，其余早不知到哪儿去了。小船最先泊在岩壁下洞窟边，冬天水落得太多，洞口已离水面两三丈以上。我从石壁裂罅爬上洞口，到搁龙船处看了一下，旧船已不知坏了还是早被水冲去了，只见有四只新船搁在石梁上，船头还贴有鸡血同鸡毛，一望就明白是今年方下水的。出得洞口时，见岩下左边泊定五只渔船，有几个老渔婆缩颈敛手在船头寒风中修补渔网。上船后觉得这样子太冷落了，可不是个办法，就又要船上水手为我把小船撑到岩壁断折处有人家地方去，就便上岸，看看乡下人过年以前是什么光景。

四点钟左右，黄昏已逐渐腐蚀了山峦与树石轮廓，占领了屋角隅。我独自坐在一家小饭铺柴火边烤火。我默默地望着那个火光煜煜的枯树根，在我脚边很快乐的燃着，爆炸出轻微的声音。铺子里人来来往往，有些说两句话又走了，有些就来镶在我身边长凳上，坐下吸他的旱烟。有些来烘烘脚，把穿着湿草鞋的脚去热灰里乱搅。看看每一个人的脸子，我都发生一种奇异的乡情。这里是一群会寻快乐的正直善良乡下人，有捕鱼的，打猎的，有船上水手和编制竹缆工人。若我的估计不错，那个坐在我身旁，伸出两只手向火，中指节有个放光顶针的，肯定还是一位乡村里的成衣人。这些人每到大端阳时节，都得下河去玩一整天的龙船。平常日子特别是隆冬严寒天气，却在这个地方，按照一种分定，很简单地把日子过下去。每日看过往船只摇橹扬帆来去，看落日同水鸟。虽然也同样有人事上的得失，到恩怨纠纷成一团时，就陆续发生庆贺或仇杀；然而从整个说来，这些人生活却仿佛同“自然”已相融合，很从容地各在那里尽其性命之理，与其他无生命物质一样，唯在日月升降寒暑交替中放射，分解。

而且在这种过程中，人是如何渺小的东西，这些人比起世界上任何哲人，也似乎还更知道得多一些。

听他们谈了许久，我心中有点忧郁起来了。这些不辜负自然的人，与自然妥协，对历史毫无担负，活在这无人知道的地方。另外尚有一批人，与自然毫不妥协，想出种种方法来支配自然，违反自然的习惯，同样也那么尽寒暑交替，看日月升降。然而后者却在慢慢改变历史，创造历史。一份新的日月，行将消灭旧的一切。我们用什么方法，就可以使这些人心中感觉一种对“明天”的“惶恐”，且放弃过去对自然和平的态度，重新来一股劲儿，用划龙船的精神活下去？这些人在娱乐上的狂热，就证明这种狂热能换个方向，就可使他们还配在世界上占据一片土地，活得更愉快更长久一些。不过有什么办法，可以改造这些人的狂热到一件新的竞争方面去，可是个费思索的问题。

一个跛脚青年人，手中提了一个老虎牌新桅灯，灯罩光光的，洒着摇着从外面走进屋子。许多人见了他都同声叫唤起来：“什长，你发财回来了！好个灯！”

那跛子年纪虽很轻，脸上却刻划了一种兵油子的油气与骄气，在乡下人中仿佛身份特高一层。把灯搁在木桌上，大洋洋地坐近火边来，拉开两腿摊出两只大手烘火，满不高兴地说：“碰鬼，运气坏，什么都完了。”

“船上老八说你发了财，瞒我们。怕我们开借。”

“发了财，哼。用得着瞒你们？本钱去七角，桃源行市只一块零，除了上下开销，二百两货有什么捞头，我问你。”

这个人接着且连骂带唱地说起桃源后江娘儿们种种有趣的情形，使得一班人活泼兴奋起来。话说得正有兴味时，一个人来找他，说：“什长，猪蹄髈炖好了，酒已热好了。”他搓搓手，说声“有偏各位”，提起那个新桅灯就走了。

原来这个青年汉子，是个打鱼人的独生子。三年前被省城里募兵委员看中了招去，训练了三个月，就开到江西边境去同共产党打仗。打了半年仗，一班兄弟中只剩下他一个人好好地活着，奉令调回后防招募新军补充时，他因此升了班长。第二次又训练三个月，再开到前线去打仗。于是碎了一只腿，抬回省中军医院诊治，照规矩这只腿得用锯子锯去。一群同乡都以为从辰州地方出来的家乡人，“辰州符”比截割高明得多了，信他个洋办法像话吗？就把他从医院中抢出，在外边用老办法找人敷水药治疗。说也古怪，不到三个月，那只腿居然不必截割全好了。战争是个什么东西他也明白了。取得了本营证明，领得了些伤兵抚恤费后，于是回到家乡来，用什长名义受同乡恭维，又用伤兵名义作点特别生意。这生意也就正是有人可以赚钱，有人可以犯法，政府也设局收税，也制定法律禁止，又可以杀头又可以发财那种从各方面说来都似乎极有出息的生意。我想弄明白那什长的年龄，从那个当地唯一成衣人口中，方知道这什长今年还只二十一岁。那成衣人还说：“这小子看事有眼睛，做事有魄力，蹶了一只腿，还会一月一个来回下常德府，吃喝玩乐发财走好运。若两只腿全弄坏，那就更好了。”

有个水手插口说：“这是什么话。”

“什么画，壁上挂。穷人打光棍，一只腿打坏了不顶事。如两只腿全打坏了，他就不会卖烟土走私赚了钱，再到桃源县后江玩花姑娘了！”

成衣人末后一句打趣话，把大家都弄笑了。

回船时，我一个人坐在灌满冷气的小小船舱中，屈指计算那什长年龄，二十一岁减十五，得到个数目是六。我记起十五年前那个夜里一切光景，那落日返照，那狭长而描绘朱红线条的船只，那锣鼓与热情兴奋的呼喊，尤其是临近几只小渔船上欢乐跳掷的小孩子，其中一定就有一个今晚我所见到的跛脚什长。唉，历史，多么古怪的事物。生恶性痈疽的人，照旧式治疗方法，可用一星一点毒药敷上，尽它溃烂，到溃烂净尽时，再用药物使新的肌肉生长，人也就恢复健康了。这跛脚什长，我对他的印象虽异常恶劣，想起他就是一个可以溃烂这乡村居民灵魂的人物，不由人不寄托一种幻想……二十年前澧州镇守使王正雅部队一个平常马夫，二十年后就得惊动三省集中十万军队来解决。谁个人会注意这小小节目，谁个人想象得到人类历史是用什么写成的！

病隙碎笔（节选）

史铁生

一

有位学者朋友给我写信，说我是“证明了神性，却不想证明神”。老实说，前半句话我绝不敢当，秉性愚顿的我只是用着傻劲儿，希望能够理解神性，体会神性；而对后半句话我又不想承认。不过确实，在我看来，证明神性比证明神更要紧。理由是：没有信仰固然可怕，但假冒的“神”更可怕——比如造人为神。事实是，信仰缺失之地未必没有崇拜，神性不明之时，强人最易篡居神位。我们儿时缺了“神”吗？灶王、财神、送子娘娘……但那多是背离着神性的偶像，背离着信仰的迷狂。这类“神明”也有其性，即与精神拯救无关，而是对肉身福乐的期许；比如对权、财的攀争，比如“乐善好施”也只图“来生有报”。这

史铁生（1951—2010），北京人，作家、散文家。著有随笔集《病隙碎笔》《我与地坛》，散文集《记忆与印象》，长篇小说《我的丁一之旅》《务虚笔记》等。本文选自《病隙碎笔》，为原书第四章。

不像信仰，更像是行贿或投资。所以，证明神务先证明神性，神性昭然，其形态倒不妨入乡随俗。况且，其实，唯对神性的追问与寻觅，是实际可行的信仰之路。

二

我读书少，宗教知识更少，常发怵与学者交谈。我只是活出了一些问题，便思来想去，又因能力有限，所以希望以尽量简单的逻辑把信仰问题弄弄明白。

那位学者朋友还说，我是“尽可能避开认同佛教”。这判断有点儿对。但这点儿对，并不是指“尽可能避开”，而是说我确实对一些流行的佛说有着疑问。

大凡宗教，都相信人生是一次苦旅（或许这正是宗教的起因吧），但是，对苦难的原因则各说不一，因而对待苦难的态度也不相同。流行的佛说（我对佛学、佛教所知甚微，故以“流行的”做出限定）相信，人生之苦出自人的欲望，如：贪、嗔、痴；倘能灭断这欲望，苦难就不复存在。这就预设了一种可能：生命中的苦难是可以消灭的，若修行有道，无苦无忧的极乐世界或者就在今生，或者可期来世。来世是否真确大可不论，信仰所及，无需实证。但问题是——

三

脱离一己之苦可由灭断一己之欲来达成，但是众生之苦犹在，一己就可以心安理得吗？众生未度，一己便告无苦无忧，这虽不该嫉妒甚至可以祝贺，但其传达的精神取向，便很难相信还是爱的宏扬，而明显接近着争的逻辑了。

争天堂，与争高官厚禄，很容易走成同一种心情。种什么神根，得什么俗果。猪八戒对自己仅仅得了个罗汉位耿耿于怀，凡夫俗子为得不到高级职称而愤愤不平就有了神据。我是说，这逻辑用于俗世实属无奈，若再用于信仰岂不教人沮丧？大凡信仰，正当在竞争福乐的逻辑之外为人生指引前途，若仍以福乐为期许，岂不倒要助长了贪、嗔、痴？

（眼下“欧锦赛”正是如火如荼，荷兰球星伯格坎普在批评某一球队时有句妙语：“他们是在为结果踢球。”伯格坎普因此已然超出球星，可入信者列了。因信称义，而不是因结果，而信恰在永远的过程中。）

四

如何使众生不苦呢？强制地灭欲显然不行。劝诫与号召呢？当然可以，但未必有效。这个人间的特点是不可能没有矛盾，不可能没有差别和距离，因而是不可能没有苦和忧的。再怎么谴责忧苦的众生太过愚顽，也是无济于事，无济于事而又津津乐道，倒显出不负责任。天旱了不下雨，可以无忧吗？孩子病了无医无药，怎能无苦？而水利和医药的发展正是包含着多少人间的苦路，正是由于人类的多少梦想和欲望呀。享用着诸多文明成果的隐士，悠然地谴责创造诸多文明的俗人，这样的事多少有些滑稽。当然，对此可以有如下反驳：要你断灭的是贪、嗔、痴，又没教你断灭所有的欲望。但是，仅仅断灭了贪、嗔、痴并不能就有一个无苦无忧的世界；久旱求雨是贪吗？孤苦求助是痴吗？那么，诸多与生俱来的忧苦何以救赎？可见无苦无忧的许诺很成问题。再么就是断灭人的所有欲望，但那样，你最好就退回到植物去，一切顺其自然，不要享用任何人类文明，也不必再有什么信仰。苦难呼唤着信仰，倘信仰只对人说“你不当自寻烦恼”，这就像医生责问病人：没事儿撑的你生什么病？

我赞成祛除贪、嗔、痴的教诲，赞成人类的欲望应当有所节制（所以我也不是“尽可能避开认同佛教”），但仅此，我看还不能说就找到了超越苦难的路。

五

以无苦无忧的世界为目标，依我看，会助长人们逃避苦难的心理，因而看不见人的真实处境，也看不见信仰的真意。

常听人讲起一个故事，说是一个忙碌的渔夫在海滩上撞见一个悠闲的同行，便谴责他的懒惰。同行懒洋洋地问：可你这么忙到底为了什么？忙碌者说：有朝一日积攒起足够的财富，我就可以不忙不累优哉游哉地享受生命了。悠闲者于是笑道：在下当前正是如此。这故事明显是赞赏那悠闲者的明智。但若多有一问，这赞赏也许就值得推敲：倘遇灾年，这悠闲者的悠闲何以为继？倘那忙碌的渔夫给他送来救济，这明智的同行肯定拒不接受而情愿饿死吗？

这并不是说我已经认同了那位忙碌的人士，其实他与那悠闲者一样，只不过他的“无苦无忧”是期待着批发，悠闲者则偏爱零买零卖。要紧的是还有一问：倘命运像对待约伯那样，把忙碌者之忙碌的成果悉数摧毁，或不让悠闲者有片刻悠闲而让他身患顽疾，这怎么办？在一条忧苦随时可能袭来的地平线上，是否就能望见一点真信仰的曙光了？

六

再有，以福乐为许诺——你只要如何如何，便可抵达俗人不可抵达的极乐之地——这在逻辑上太近拉拢。以拉拢来推销信仰，这“信仰”非但靠不住，且很容易变成推销者的福利与权柄。

比如潇洒的人，他只要说一句“小乐足矣，不必天堂”，便可弃此信仰于一旁，放心大胆去数钞票了。是嘛，天堂唯乐，贪官也乐，天堂尚远，钞票却近，况乎见乐取小，岂不倒有风度？我是说，以福乐相许，信仰难免混于俗行。

再看所谓的“虔诚者”。福乐许诺之下的虔诚者，你说他的终极期待能是什么？于是就难辨哪一笔捐资是出于爱心，哪一笔献款其实是广告，是盯着其后更大的经济收益。你说这是不义，但“圣者”可以隔世投资以求来生福乐，我辈不才，为什么就不能投一个现世之资，求福乐于眼下？商品社会，如是种种就算无可厚非，但不知不觉信仰已纳入商业轨道，这才是问题。逻辑太重要，方法太重要，倘信仰不能给出一个非同凡响的标度，神就要在俗流中做成权贵或巨贾了。

再说最后的麻烦。天堂若非一个信仰的过程，而被确认为一处福乐的终点，人们就会各显神通，多多开辟通往天堂的专线。善行是极乐世界的门票，好，施财也算善行，烧香也算，说媒也算，杀恶人（我说他恶）也算，强迫他人行“善”（我说是善）也算……什么？我说了不算？那么请问：谁说了算？要是谁说了都不算，这“信仰”岂不作废？所以终于得有人说了算——替天行道。于是，造人为神的事就有了，其恶果不言自明。关键是，这样的事必然要出现，因为：许诺福乐原非神之所为，乃人之所愿，是人之贪婪酿造的幻景，人不出面谁出面？

七

看看另一种信仰是怎么说吧：人是生而有罪的。这不仅是说，人性先天就有恶习，因而忏悔是永远要保有的品质，还是说，人即残缺，因而苦难是永恒的。这样的话不大招人喜欢，但却是事实（非人之所愿，恰神之所为）。不过，要紧的还不在于这是事实，而在于因此信仰就可能有了非同凡响的方向。

看见苦难的永恒，实在是神的垂怜——唯此才能真正断除迷执，相信爱才是人类唯一的救助。这爱，不单是友善、慈悲、助人为乐，它根本是你自己的福。这爱，非居高的施舍，乃谦恭地仰望，接受苦难，从而走向精神的超越。这样的信仰才是众妙之门。其妙之一：这样的一己之福人人可为，因此它又是众生之福——不是人人可以无苦无忧，但人人都可因爱的信念而有福。其妙之二：不许诺实际的福乐，只给人以智慧、勇气和无形的爱的精神。这，当然就不是人际可以争夺的地位，而是每个人独对苍天的敬畏与祈祷。其妙之三：天堂既非一处终点，而是一条无终的皈依之路，这样，天堂之门就不可能由一二强人去把守，而是每个人直接地谛听与领悟，因信称义，不要谁来做神的代办。

八

再有，人既看见了自身的残缺，也就看见了神的完美，有了对神的敬畏、感恩与赞叹，由是爱才可能指向万物万灵。现在的生态保护思想，还像是以人为中心，只是因为经济要持续发展而无奈地保护生态，只是出于使人活得更好些，不得已而爱护自然。可什么是好些呢？大约还得是人说了算，而物质的享乐与奢华哪有尽头？至少现在，到处都一样，好像人的最重要的追求就是经济增长，好像人生来就是为了参加一场物质占有的比赛。而这比赛一开始，欲望就收不住，生态早晚要遭殃。这不是哪一国的问题，这是全人类的问题，因而这不完全是政治问题，根本是信仰问题。人为什么不能在精神方面自由些再自由些，在物质方面简朴些再简朴些呢？是呀，这未免太浪漫，离实际有些远，但严谨的实际务要有飞扬的浪漫一路同行才好。人用脑和手去工作、去治理，同时用心去梦想；一个美好的方向不是计算出来的，很可能倒是梦想的指引。总之，人为什么不能以万物的和谐为重，在神的美丽作品中“诗意地栖居”呢？诗意地栖居是出于对神的爱戴，对神的伟大作品的由衷感动与颂扬，唯此生态才可能有根本的保护。经济性的栖居还是以满足人的物欲为要，地球则难免劫难频仍，苟且偷生。

九

说到人格的神，我总不大以为然。神自有其神格，一定要弄得人格兮兮有什么好处？神之在，源于人的不足和迷惑，是人之残缺的完美比照。一定要为神再描画一个人形证明，常常倒阻碍着对神的认信。神的模样，莫如是虚。虚者，非空非无，乃有乃大，大到无可超乎其外。其实，一切威赫的存在，一切命运的肇因，一切生与死的劫难，一切旷野的呼告和信心，都已是神在的证明。比如，神于西奈山上以光为显现，指引了摩西。我想，神就是这样的光吧，是人之心灵的指引、警醒、监督和鼓励。不过还是那句话，只要神性昭然，神形不必求其统一。

十

我是个愚顽的人，学与思都只由于心中的迷惑，并不很明晰学理、教义和教规。人生最根本的两种面对，无非生与死。对于生，我从基督精神中受益；对于死，我也相信佛说。通常所谓的死，不过是指某一生理现象的中断，但其实，宇宙间无限的消息并不因此而有丝毫减损，所以，死，必牵系着对整个宇宙之奥秘的思悟。对此，佛说常让我惊佩。顿悟是智者的专利，愚顽如我者只好倚重一个渐字。

任何宗教或信仰，我看都该分清其源和流。一则，千百年中，源和流可能已有大异。二则，一切思想和智慧必是以流而传之，即靠流传而存在。三则，唯在流中可以思源，可以有对神性的不断的思悟，而这样的思悟才是信仰之路。我是说，要看重流。流，既可流离神性，也可历经数代人的思悟而更其昭然，更其丰沛浩荡。

歌者的诗

刘慈欣

我看到了我的爱恋
我飞到她的身边
我捧出给她的礼物
那是一小块凝固的时间
时间上有美丽的条纹
摸起来像浅海的泥一样柔软
她把时间涂满全身
然后拉起我飞向存在的边缘
这是灵态的飞行
我们眼中的星星像幽灵
星星眼中的我们也像幽灵

刘慈欣，山西阳泉人，1963年出生于北京，中国科幻小说代表作家之一。著有“三体”三部曲，以及《流浪地球》《超新星纪元》《球状闪电》等。

人生如梦，我投入的却是真情

编者 _ 果麦

产品经理 _ 段冶　装帧设计 _ 尚燕平　产品总监 _ 应凡　技术编辑 _ 顾逸飞
执行印制 _ 陈金　策划人 _ 吴畏

物料设计 _ 朱大锤

鸣谢（排名不分先后）

王安忆 沈龙朱 雷小雷

果麦
www.guomai.cc

以 微 小 的 力 量 推 动 文 明

图书在版编目（CIP）数据

人生如梦，我投入的却是真情 / 果麦编. -- 杭州 : 浙江文艺出版社，2022.6

ISBN 978-7-5339-6852-6

Ⅰ. ①人… Ⅱ. ①果… Ⅲ. ①散文集－中国－当代 Ⅳ. ① I267

中国版本图书馆 CIP 数据核字（2022）第 079118 号

人生如梦，我投入的却是真情

果麦 编

责任编辑 金荣良
装帧设计 尚燕平

出版发行 浙江文艺出版社
地　　址 杭州市体育场路 347 号　　邮编 310006
经　　销 浙江省新华书店集团有限公司
　　　　 果麦文化传媒股份有限公司
印　　刷 北京世纪恒宇印刷有限公司
开　　本 880 毫米 ×1230 毫米　1/32
字　　数 138 千字
印　　张 7
印　　数 1—10,000
版　　次 2022 年 6 月第 1 版
印　　次 2022 年 6 月第 1 次印刷
书　　号 ISBN 978-7-5339-6852-6
定　　价 49.80 元